Colecção Literatura de Macau

· 散 文 ·

堂吉诃德的工资

梯 亚／著

作家出版社

澳门文学丛书

编委名单

总 序

　　值此"澳门文学丛书"出版之际，我不由想起 1997 年 3 月至 2013 年 4 月之间，对澳门的几次造访。在这几次访问中，从街边散步到社团座谈，从文化广场到大学讲堂，我遇见的文学创作者和爱好者越来越多，我置身于其中的文学气氛越来越浓，我被问及的各种各样的问题，也越来越集中于澳门文学的建设上来。这让我强烈地感觉到：澳门文学正在走向自觉，一个澳门人自己的文学时代即将到来。

　　事实确乎如此。包括诗歌、小说、散文、评论在内的"澳门文学丛书"，经过广泛征集、精心筛选，目前收纳了多达四十八部著作，暂分两批出版。这一批数量可观的文本，是文学对当代澳门的真情观照，是老中青三代写作人奋力开拓并自我证明的丰硕成果。由此，我们欣喜地发现，一块与澳门人语言、生命和精神紧密结合的文学高地，正一步一步地隆起。

　　在澳门，有一群为数不少的写作人，他们不慕荣利，不怕寂寞，在沉重的工作和生活的双重压力下，心甘情愿地挤出时间来，从事文学书写。这种纯业余的写作方式，完全是出于一种兴趣，一种热爱，一种诗意追求的精神需要。惟其如此，他们的笔触是自由的，体现着一种充分的主体性；他们的喜怒哀乐，他们对于社会人生和自身命运的思考，也是恳切的，流淌着一种发自肺腑的真诚。澳门众多的写作人，就这样从语言与生活的密切关联里，坚守着文学，坚持文学书写，使文学的重要性在心灵深处保持不变，使澳门文学的亮丽风景得以形成，从而表现了澳门人的自尊和自爱，真是弥足珍贵。这情形呼应着一个令人振奋的现实：在物欲喧嚣、拜金主义盛行的当下，在视听信息量极大的网络、多媒体面前，学问、智慧、理念、心胸、情操与文学的全部内涵，并没有被取代，即便是在博彩业特别兴旺发达的澳门小城。

文学是一个民族的精神花朵，一个民族的精神史；文学是一个民族的品位和素质，一个民族的乃至影响世界的智慧和胸襟。我们写作人要敢于看不起那些空心化、浅薄化、碎片化、一味搞笑、肆意恶搞、咋咋呼呼迎合起哄的所谓"作品"。在我们的心目中，应该有屈原、司马迁、陶渊明、李白、杜甫、王维、苏轼、辛弃疾、陆游、关汉卿、王实甫、汤显祖、曹雪芹、蒲松龄；应该有莎士比亚、歌德、雨果、巴尔扎克、普希金、托尔斯泰、陀思妥耶夫斯基、罗曼·罗兰、马尔克斯、艾略特、卡夫卡、乔伊斯、福克纳……他们才是我们写作人努力学习，并奋力追赶和超越的标杆。澳门文学成长的过程中，正不断地透露出这种勇气和追求，这让我对她的健康发展，充满了美好的期待。

毋庸讳言，澳门文学或许还存在着这样那样的不足，甚至或许还显得有些稚嫩，但正如鲁迅所说，幼稚并不可怕，不腐败就好。澳门的朋友——尤其年轻的朋友要沉得住气，静下心来，默默耕耘，日将月就，在持续的辛劳付出中，去实现走向世界的过程。从"澳门文学丛书"看，澳门文学生态状况优良，写作群体年龄层次均衡，各种文学样式齐头并进，各种风格流派不囿于一，传统性、开放性、本土性、杂糅性，将古今、中西、雅俗兼容并蓄，呈现出一种丰富多彩而又色彩各异的"鸡尾酒"式的文学景象，这在中华民族文学画卷中颇具代表性，是有特色、有生命力、可持续发展的文学。

这套作家出版社版的文学丛书，体现着一种对澳门文学的尊重、珍视和爱护，必将极大地鼓舞和推动澳门文学的发展。就小城而言，这是她回归祖国之后，文学收获的第一次较全面的总结和较集中的展示；从全国来看，这又是一个观赏的橱窗，内地写作人和读者可由此了解、认识澳门文学，澳门写作人也可以在更广远的时空里，听取物议，汲取营养，提高自信力和创造力。真应该感谢"澳门文学丛书"的策划者、编辑者和出版者，他们为澳门文学乃至中国文学建设，做了一件十分有意义的事。

是为序。

2014.6.6

目　录
CONTENTS

不给体面工资的堂吉诃德·001

网购爱情·003

爱情经典·005

几人相忆在江楼·007

东方的爆竹，西方的子弹·009

吃掉情人的"杀手"·011

考试，无语问苍天·013

家庭作业破坏家庭幸福·015

有钱人的痛苦·017

询众要求·019

小心，转基因食物·021

按胃口贩卖·022

不许打包·024

《泰山》——白人的非洲·026

黑人，怎么称呼？猩猩？·028

有爱有性才是真谛·030

损害东西该怎赔？·032

欠债，不一定要还钱·034

国债的魔法·036

熊胆的道德囚笼·038

素食者的圣洁·040

素食，环保吗？·042

High 死了·044

S 加了没有？·046

（不算）独裁者的春天·048

广东客人·050

撩责侍候·052

一个笑话：蓝墨水与红墨水·054

《变态者电影指南》·056

年度"疯晕"人物·058

齐泽克的笑话·060

《天注定》·061

哪儿他妈有以后·063

现实加虚构等于更真实·065

数尽蛊惑招·067

《书店风景》·068

齐心协力，共谋堕落·070

岂止风流韵事·072

请出示真爱·074

如此渺茫的祸患·076

幼童入学面试？别装了！·078

冷战下的《日瓦戈医生》·080

一本书的角力·082

西方人不吃狗肉？·084

国穷"民"富，财主的好日子·086

梦露遇上赫鲁晓夫·088

康熙的于成龙·090

不问代价的经济发展·092

无从躲闪的人生价值·094

在爱欲的欢愉中死去·096

多重犯禁的情欲·098

可怜的雕刻家·100

京都人的口气·102

满街上等人的澳门·104

禁忌的话题·106

性侵无所不在·108

卖国？你站在哪？·110

需要多少土地才够？·112

一个街知巷闻的秘密·114

另类恐怖分子·116

大好的题材，失败的演绎·118

拍电影，先请教五角大楼·120

拍电影振兴旅游·122

历史窃贼·124

单边主义的爱情·126

冬天可以吃冰淇淋吗？·128

他轻狂，我好想说喜欢

　——走近王尔德·130

我必须让你离开·133

教育改革之路·135

为何需要多元评核？·137

三文四语再啰唆・139

我们的封建时代・141

我们的老师叫天王・143

我们以为可以改变世界・145

君子有耻・147

管他冬夏与春秋・148

跟着文字饶舌・150

失去的味道仍在文字里・156

一个中学校长的故事・158

不一样的学校・160

望厦的满汉全席・162

在浴室亲近柯比意・164

寂寞芳心・166

愧对发哥・168

勿让青春白白送死・170

拒绝性的男人・172

性无能，抑或从未长大？・174

麦克白又来了・176

睇肉运动・178

打破传统？・180

打仗为啥？・182

购物天堂的美誉・184

五谷不分的食客・186

哀悼的等级・188

丑恶的知识产权・190

打一下呵欠……・192

泛滥成灾的知识产权・193

知识产权激励创新？· 195

赶绝二度创作· 197

扼杀创新的知识产权· 199

反对知识垄断· 201

收获不信任· 203

男老当婚· 205

磨豆腐与磨镜子· 207

愚政进行曲· 208

免费大学· 210

圣上也照玩· 212

识人好过识字· 214

惩罚受害人· 216

《玫瑰的名字》· 218

人类一发笑，上帝就……· 220

学位凌驾学问· 222

王子的言论自由· 224

你们全体式的公众利益· 226

神圣的合同· 228

要先得白人答允· 230

重罚苹果· 232

加州的明星中学· 234

为难评审团· 236

总统的女人· 238

名厨食谱· 240

落日余晖· 242

语文，不太妙· 244

急聘：清洁工月薪一百万· 246

急市民所不急·248

家长，拜托啦！·250

唯有猪待人是平等的·252

记住一张平凡的脸·254

善待动物的同时·255

天长地狗·257

上下其手的翻译·259

上床抑或说爱？·261

上一品名校的花红·263

谁高兴拆掉爱都？·265

天各一方·267

天皇御厨秋山德藏·269

伟大离澳门越来越近·271

就让他溜吧·273

爱听歌剧的贪官·275

的士收费不可海鲜价的理由·277

罗浮宫的硝烟·279

静悄悄的叶兰飞吗？·281

辗转归来的岁月·282

臣不敢奉诏·284

推广葡语的难度·286

慷慨捐献·288

缘何浮躁？·290

阿妈值几钱？·292

裸不起·294

手的歧视·296

这里有讽刺·298

将国家私有化·300

孔夫子传人·302

开豪车的青年才俊·304

恋爱自由与公投·306

一吨鲍鱼与法国薯条·308

自杀专门店·310

该说什么好？·312

不一样的总统·314

不一样的招生·316

不想吃素·318

羞家的烂账·320

状告哈佛·322

高才生与杀人犯·324

白宫里的黑人·326

想伟大，先学点逻辑·328

饲养狗只的假惺惺问题·330

法定产假·332

琐事里的悬念·334

背离资本主义精神？·336

美食之都·338

酒囊饭袋·340

书与生活方式·342

书神的排场·343

更快更高更多药·345

赚到尽的巴别塔·346

红白二事·348

毁容（差点儿）·350

以法律之名 · 352

味觉失调 · 354

借钱上大学的风险 · 356

给小作者的信 · 358

女哲学家之死 · 360

杀人的权力 · 362

杀人越货也可帮一把 · 364

咒骂父母判死刑 · 366

爸爸，下次再来啊 · 368

好人坏人 · 370

不给体面工资的堂吉诃德

立志要当骑士的堂吉诃德，费了四天工夫为自己那匹皮包骨的瘦马取了个响亮的名字"驽骍难得"。之后未来骑士又落足嘴头，成功游说了街坊上的一名叫桑丘的农民来当他的侍从。骑士应有的，堂吉诃德总算尽有，可谓万事俱备，接下来大家便一心恭候骑士大人疯疯癫癫的行侠故事轮番登场。

一般人读《堂吉诃德》笑笑就算，但是乌拉圭作家加莱亚诺（E.Galeano）却提出了一个令人意想不到的工资问题。驽骍难得本来就瘦，自从跟随老细堂吉诃德东征西伐，就剩一把骨头了。占了便宜又会装傻的堂吉诃德，取笑驽骍难得"长得真形而上啊"。驽骍难得当然不满，嘟嚷"因为吃得少"的缘故。桑丘也趁机抗议主人剥削侍从，辛勤工作的报酬只有棍棒、饥饿和露宿。其实桑丘并无他求，要的不过是一份体面工资。然而，这种粗鲁的物质主义，在堂吉诃德听来是可鄙的。于是，堂吉诃德搬出骑士的行规来教导下人，别谈什么工资了，"只需服从主人的命令"就行，否则就会破坏行之有效的主仆关系，并且会对主子的感情造成无可估量的伤害。

加莱亚诺说，四百年过去了，我们却依然生活在堂吉诃德的时代。加莱亚诺的讲法略显夸张，因为时代巨轮毕竟还是略有寸进，不好比较。譬如堂吉诃德就怎也想象不到原来可以把发体面工资的责任完全转嫁给他人之余，还能够趁机捞一把。

堂吉诃德也没想过拒付体面工资的做法，会在澳门赢得不少粉丝的支持——甚至一些特别有预感的高阶人士，更乐意见到执行最低工资功败垂成。

网购爱情

  朋友三十出头，性格开朗，容貌肆正，有份体面的职业。这位只热衷爱情不相信婚姻的朋友，据周围几米内的群众反映，她最近好像闷得发慌。碰巧，上个月我在香港中环一家吵得没分寸的茶餐厅门前遇见她。如同大多数有教养的人一样，我们彼此互相问候一声食饭未。我说，想食鱼蛋河，顺势用下巴朝茶餐厅指了一下。朋友疑惑，不怕吵？我说，我已到更年期，什么话怎么吵都听不入耳。朋友没好气，要请我去附近一家安静点的餐厅吃个有头有脸的午餐，方便聊。我见吊高来卖的策略得逞，便随她去。

  甫坐下，朋友便迫不及待倾倒她最新的爱情档案。她说，年来已经厌烦了在自己的生活圈里跟一式一样的白马王子拍拖。几个月前，她也开始尝试在网络上寻找爱情。是不是就像网购狗粮一样在网上点击爱情下单？我问。她笑着白了我一眼，接着诉说她的第一次网上滑铁卢经历。初次试水，朋友很快就在茫茫网海中找到一个很谈得来的男生。一个星期下来，两人就像一对认识多年的老友，无所不谈。两星期不到，朋友已认定爱情再度临门。对于男生一再邀约见面，朋友既高兴亦犹豫。怎样见？在哪里见？见面时接不接吻？要求上床怎么办？等等，都成了朋友烦恼的源头。我问，最终是不是你想一起吃晚餐而他则想在酒廊喝一杯聊聊？她瞪大眼睛，你怎会猜到？我说，我还猜到——他——只——想——和——你——

上——床，对不？朋友的眼球差点就要掉出来的样子，你怎知道？我告诉她，有个法国社会学家（Jean-Claude Kaufmann）写过一本叫《网恋》的书，里面说，想发展感情的人会约吃晚餐（时间较长，可多沟通），而那些"会走路的生殖器"则只想匆匆喝一杯了事，然后奔赴战床。

爱情经典

爱情路上未经兵荒马乱横风横雨的历练，无缘跻身经典。

梁山伯与祝英台，罗密欧与朱丽叶，千古传诵百代同哭，全因不得好死的爱情。

新近的肥瘦恋，得沉船之助，成功接班，有望成为廿世纪爱情喊包的新偶像。

都没有例外。

有穿有烂的爱情终归最受青睐，寻根究底，原因难明。或许一如爱情本相，中意就中意，莫问出处。

众多喊苦喊忽（哭哭啼啼）的爱情悲剧，始终至爱梁山伯与祝英台。

梁山伯与祝英台的爱情，包含所有足以成为一流悲剧的元素。而且两人之间的关系和感情的变化，从邂逅开始，便不同于一般，其复杂性实非罗密欧与朱丽叶可比。

英台假扮男人上学，路遇山伯，火速结义，"从此书窗得良友"，此为手足情。

春去秋来，两人感情日深。英台爱山伯，属异性之爱；山伯恋英台，则无异于同性恋。

"三载同窗情如海"，英台要归家，山伯送行，遂有难舍难离的"十八相送"。

此时，英台假借有妹同年同月同日同胞生，要为山伯做媒，山伯一口应承，心中只有英台的山伯为何肯娶英台之"妹"

呢？自此可以借故亲近英台想是最合逻辑的解释。

英台被迫做马家新娘，山伯伤心而死。"生不成双死不分"，英台哭死山伯坟前。之后两人双双化蝶，再续前生。

梁山伯与祝英台之间，不仅体现了多样的感情关系，也展示了中国人"退一步海阔天空"的独特爱情观——今生情未了，来生继续；做人时爱不成，做鬼嚟过（再来）。

几人相忆在江楼

倚栏杆处 / 正恁凝兮 / 还记得 / 来一阵微雨 / 我们依然袖手迎风 / 说要见洗净的山河 / 要听桐叶的悲歌 / 我们曾挥手 / 送走了多少度残影 / 也拥过无数的秋波 / 说家事 / 国事 / 天下事 / 我们曾用一条大手帕 / 将泪眼拭干 / 谈文论艺 / 我们竟学人家临流赋诗 / 怎怪得别人取笑 / 一群狂朋怪侣 / 没有喝酒 / 但早已醉了二三分 / 忽地依样江流 / 人却各有各的方向 / 还余几个 / 今夕 / 抖落满怀的酸腐 / 和许多潇洒回忆 / 抛向烟水茫茫

多年前，朋友送我这首诗。诗是小思看到丰子恺的书《几人相忆在江楼》有感而作的。当时自己还在念大学，对这首诗并不太在意，只对"谈文论艺 / 我们竟学人家临流赋诗"的感觉好熟悉，好好笑。然而岁月匆匆，"忽地依样江流 / 人却各有各的方向"的感慨却越来越深。

前几天，百无聊赖，随意抽出《丰子恺遗作》来翻，看到《几人相忆在江楼》，竟然不能自己。借着凌晨四时的酒意和倦意，任凭小思的诗和丰子恺的画来摆布，哭得一塌糊涂。

不喜欢伤感，何况早已过了强说愁的年龄。本来真是"喊都无谓"，可是有些死心眼儿却又偏偏骗不了自己。当年念大学，虽然任性，虽然胡闹，虽然荒唐，但却比现在聪明、醒目、入世的大学生多了半滴梦想（不敢奢言理想，理想属伟人的"专有名词"）。我们一群臭味相投、不识天高地厚的"狂朋怪侣"也曾"说家事／国事／天下事"，也曾"说要见洗净的山河"，真是意气风发，仿佛真有许多天下大事要等着自己下半世去劳碌。

可是十年八载下来，前尘前事，"潇洒回忆"，如今一个个相忘于江湖，去得比徐志摩的衣袖还决绝。

加薪升职固然重要，权力地位亦不容忽视，养家活儿更是责无旁贷。总之，统统都理直气壮，叫你欲语还休。

或者，梦想这东西确实过时，当作古董欣赏倒还可以，若硬要现眼丢人，未免不自量力自讨没趣。

"抛向烟水茫茫"大约就是梦想死可葬身的唯一归宿。

东方的爆竹，西方的子弹

像我这代人，不崇洋媚外会是一件很奇怪的事。小时候在澳门，我和身边的玩伴都相信，西方世界发达、美好，那里的穷人也比我们的富人过的日子还霸气，就连乞儿都是吃龙虾、鱼子酱作早餐——有时还会嫌弃。至于西方一般人所过的普普通通神仙生活，都以为可以在20世纪60年代最有名的电影《仙乐飘飘处处闻》里一览无遗，散场后死命羡慕。

到年纪稍长的时候，读到鲁迅大人借调西方外援来痛斥中国流弊，常常深以为然。下面这段大先生的金句，我充当传声筒的次数难以计量："外国用火药制造子弹御敌，中国却用它做爆竹敬神；外国用罗盘针航海，中国却用它看风水；外国用鸦片医病，中国却拿来当饭吃。"可是，几十年后的今天，要继续附和鲁迅大人这段话多少需要一点盲目。原因并不在于它过时，而在于误导。

事实上，鲁迅所暗赞的"外国"，正是西方文明、西方历史最为可耻的部分。西方拿火药制造武器、借罗盘针环游世界、用心种植鸦片，全然不仅仅是为了御敌、航海、医病，而是在更大程度上服务于侵略、殖民、掠夺。

西方侵略成性的文明，还教坏了东方一个小朋友。近世日本实行锁国政策，直到十九世纪美国借助武力威吓强行打开弱不禁风的日式门户为止。接着明治维新，日本全盘西化。向西方学习后的最大副作用，也让日本师法西方列强的后尘，踏上对外扩张之途。

　　中国人拿自家发明的火药做爆竹敬神固然可笑，但是比起西方人用火药制造杀人武器到处侵略，无疑善良不止千倍。

吃掉情人的"杀手"

象狮虎豹蛇虫鼠蚁之类诸式物等都没上过性教育课，碰上百年一遇的性难题时，以为它们会在欲海中六神无主，却原来全都会写信给塔蒂阿娜讨教，且态度大方得体，连蛇也不会扭拧。

塔蒂阿娜只是个行走江湖的艺名，真名叫贾德森（Olivia Judson），正身是靓女生物学家，在伦敦帝国学院有份当研究员的好工。

跟其他闷蛋学者不同，贾德森性好玩，喜搞怪，写了一本值得连说三次非常过瘾的动物性书 *Dr. Tatiana's Sex Advice to All Creation*。杜然的中译本叫得干脆——《性别战争》，难得的是同样抵死幽默，尽得原著风流神韵。唯一美中不足的是，我稍嫌不够放荡。下面是我根据原著并参考杜然本加盐加醋的译笔——对不正经，我总觉得莫名地内行。

有一只自称"我爱无头性伴侣"的雌性欧洲螳螂，写信给塔蒂阿娜说："我发觉做爱时，如果首先咬掉情人的脑袋，感觉会更爽。施行斩首，会让性伴侣极尽兴奋抽搐的能事，且还少一分羞涩，多一分狂野——简直妙不可言！你也留意到吗？"

见惯世面的塔蒂阿娜博士，自然不会给这种小事难倒。她指出，在欧洲螳螂里，"男性都是乏味的情人"，身体完好时，就是不肯为性事卖力，到身首异处时，才会高喊官人我要，直奔欲死欲仙。

按塔蒂阿娜博士的说法，砍头不要紧只要性爱真的状况，在雄性昆虫中相当普遍，并非欧洲螳螂独有。生物学家发现，有超过八十万个物种的雌性，会在做爱之前或做爱当中或做爱之后，把情人吃掉。这份杀手太冷名单，除了螳螂，还包括蜘蛛、蝎子和蠓。蠓杀害性伴的手法极度恐怖、凶残，不在此引述了。倒是博士大人有句对男性特别贴心的警告，不可不提：勿在前戏前送命。

考试，无语问苍天

六月天，凡有中国人吃饭的地方，就有惊天动地可歌可泣的考试。面对中国式的所谓教育，我其实早已词穷，已无语，已想不出任何可以令其痛改前非的火辣言说。

上海有高考考生据说因赴考途中单车坏了而迟到两分钟，被拒进入考场。考生母亲当场下跪求情，依旧不得其门而入。是否放这名迟到考生一马，我没意见，摆明骑墙——尽管内心会倾向偏袒那位考生。然而，令我尤其感兴趣的是那辆坏了的单车。如果报道属实，我们不难做出下面的推想。

在这个连膝盖尊严也可以不顾的大日子，在上海这个富贵逼人的城市，母子骑着单车开赴考场。开的不是汽车，更不是宝马，而是一辆半途可以死火抛锚的单车，很风萧萧兮。大抵是怎么样的家庭，大家有谱。母亲下跪哀求的理由，寻常真实，泪滴有声："错过了考试，可能影响孩子的一生！"谁都明白"影响一生"指的是什么。

当代的新款科举与昔日的残废科举，并无本质上的分别，都捆绑着"改变命运"的神圣使命，未来想坐私人飞机抑或继续骑单车，就看这个。正因如此，应试才不费吹灰一举垄断了我们的教育，携手无品无德无灵无性称霸学校。

考试除了用来定成王败寇之外，还能说明些什么？

美国加州大学曾研究、比对学生在大学入学考试的成绩与其在大学的表现，发现两者之间并无多大关联。若拿大学入学考试成绩来预测学生进入大学后的表现，准确度甚低。

中国人以考试独步全球，千百年来炮制了多少叫状元的废物？又有几个真正才德兼备的能人？这个大家耳熟，当我没说。

丘吉尔当年参加著名的哈罗公学的入学试时，对着试卷全程发呆，什么都不会做，除了卷子上留下一片不小心滴下来的墨水。

家庭作业破坏家庭幸福

为孩子布置家庭作业，乃澳门社会花前月下难得一次无须制造共识的同流合污，而态度却又暧昧矛盾得一面掩鼻一边起筷。

偶尔会听到来自教育界最伤心的闺怨：现在的孩子都不爱阅读。那是典型的青楼妓女在抱怨真爱太少。学生每天放学后，便得与气势磅礴的功课较劲，非三五小时不能脱身，试问孩子还能拿什么时间和精力来献身阅读？

更滑稽的场面居然是这样的：老师不爱批改作业却狂爱布置作业，学生讨厌做功课却不敢欠交功课，家长下班回家因要帮忙孩子做功课而无名肝火上升之际，同时却不忘头脑清醒地羡慕就读于另一所学校的邻家小孩，能拥有更多更博大精深的功课。

为什么要拿家庭作业来制造相互虐待彼此施压你我蹂躏呢？或者可以问得不那么刺耳——为什么要孩子做那么多功课？有用吗？有多少孩子的功课要靠父母和补习先生帮拖才能完成？我们的教育界有人质疑过这种做法吗？

科恩（Alfie Kohn）写过一本非常值得所有老师、家长细读的好书，叫作《家庭作业的迷思》。当大家奉家庭作业为仅次于考试的第二大教育神迹时，科恩却毫不犹豫揭起皇帝的新款着装，斩钉截铁地告诉众生，家庭作业不仅无助提升孩子的学业表现，而且破坏家庭幸福。

有哪个家庭不曾因为孩子的作业而唠叨、抱怨、争吵继而烽火连三月？有哪个孩子、家长不曾因为作业的负荷而沮丧？事实就是这样：孩子的家庭作业诱发家庭冲突，"瓦解家庭关系，并抹杀了许多家庭生活的乐趣"。多花一小时做功课，就减少了一小时亲子机会。

　　我们的教育原生态，一切居然安好得没人喊救命，有的只是五十年不变地混下去的坚持，发人深省得发人心死。

有钱人的痛苦

暴发户始终是个谜。为何暴发户总爱假装自己不是暴发户的同时，却又喜欢以各种毫不羞涩的语无伦次，不惜当众揭穿自己是个气场磅礴的暴发户呢？爱扮高端的暴发户最近就公开坦白自己的非人生活：一个月赚几十亿让人很痛苦。

这就是暴发户千年不解的悬疑。至于暴发户、有钱人的痛苦，贫困人家一定难以明白。在暴发户有病呻吟的翌日，碰巧我看了邓勇星导演、侯孝贤监制的电影《到阜阳六百里》（2011）。三个年轻人从老家安徽阜阳来到上海谋生，出卖廉价劳力，赚取的不过是两餐一宿。要多赚点钱，就得想点兵行险着的办法。临近春节，回家的车票难求，何不把眼前的一辆报废大巴修好，以相宜的车费载同乡回阜阳过年？尽管，谁都没有驾照，报废车也没行车证，众人还是分头行事，修车的修车，拉客的拉客。日子一到，就这样拉着一帮同乡上路。结果还未到阜阳，车便给警察拦了下来。

不知道这个故事会不会有别样的读法，我很不愿意去想，更不愿意去比对，月赚几十亿的痛苦与为赚几个小钱背后的辛酸之间究竟有什么互动。

贾樟柯的《天注定》，其实也是一个围绕钱的故事。影片出现的第一句台词就奠定了钱在戏里的分量。王宝强在回家路上遭三人拦路打劫，劫匪说："老板，麻烦借点钱给我们花花，快点！"接下来，王宝强回到家里，久未见面的妻子和他二话不说就谈起他来历不明的钱。然后，王的两个哥哥来了，没有聊家常，光说对分母亲七十大寿的贺礼。轮到姜武出场，说的也是钱："村长，哎，村长！当年你把煤矿转包给胜利的时候，说好每年都分红的。"

至于赵涛演的桑拿浴室前台接待员，同样如是。两个到浴室光顾的嫖客，要求赵涛为自己提供全套服务，遭到拒绝后便凶巴巴地嚷："老子今天要办你！不做？老子有钱。"赵回说："有钱有啥了不起？"这句话大大伤害了有钱嫖客的自尊，于是嫖客用手上拿着的一叠钱，接连打了赵四十个耳光："老子就是有钱。好的，老子有钱不行啊？妈的，老子有钱，老子用钱砸死你！"

有钱人拿钱砸人应该是件很痛苦的差事，大家将就点不就行了？

询众要求

下面的故事出自拉美某位魔幻现实主义作家之手，又或者由我胡乱编造，反正两者皆有可能。按惯例我得事先声明一下："本故事纯属虚构，如有雷同，实属巧合。"不过，倘若有智勇双全的读者对号入座，我会由衷欢迎，因为我们都不喜欢别人乱坐座位。

拉丁美洲一些城市的名字，常常有个为难异乡人的读音，X城也不例外——X在此读作交叉而不是字母X。X城的警察总长和拉美许多同类人物一样，拥有无上的滥权资格，然而他却是少数真心追求民主、事事爱听民众意见的官员。不久前，警察总长打算跟同居的女友分手。虽然这是私事，但他照样希望得到民众的认可和支持。起初，警察总长仅仅征询了身边亲友的意见。虽然亲友一面倒支持他与女友分手的打算，但警察总长还是觉得这样的咨询做法不够全面。于是，警察总长召开了市民大会征询民意。会上，警察总长对民众细诉了同居女友的种种不是。为免现场气氛过度沉重，警察总长还讲了几个很有水平的笑话，赢得满堂笑声和掌声。到最后表决阶段，警察总长建议，反对他和同居女友分手的人请勿眨眼。结果，除了三个与会者因为睡着而成了反对者之外，其余所有人都眨了眼。对于这个意想不到的结果，警察总长高兴得几乎说不出话来。

记者招待会上，警察总长表示，"会议很成功，气氛热烈，掌声、笑声不绝"，并再次感谢全体民众对他的支持。他重申，

"和女友分手是个很艰难、很痛苦的决定"，"但既然公众强烈要求他和同居女友一刀两断"，他"不可能做出任何违背民意的事"。

小心，转基因食物

转基因食品有多危害健康，我们可以先放下那些独立的科学研究报告，先观赏一下那些收受基因食品生产商赞助银两的、对基因食品拍烂手掌的科学家背后的鬼祟动作，便可知其大概。

早前爆出，有中美科学家未经过任何合法手续，非法把转基因食物"黄金大米"偷偷运进中国，然后以隐瞒、欺骗的手段，拿衡阳市江口镇中心小学的学生当白老鼠，逐一喂饲奇妙的黄金大米。事件曝光后，这些聪明的科学家自有很高级的谎言愚弄世人。到最后那张连标点符号都写着假话的烂纸实在包不住火的时候，这些很有道德的科学家才避重就轻地承认行为微微不当，谎言稍稍欺世。当过白老鼠的穷家孩子也在事件曝光后获赠八万元人民币，权充掩口费了事。

从一开始，鬼鬼祟祟的转基因食物一直靠行蛊惑和隐身法，潜行到我们的餐桌上。任何要求要在食品上标注那些是转基因食品的建议，都遭到那些食品生产巨头公司死命的反对。可怜的消费者就连拒绝当白老鼠的权利都被扔进咸水海。

美国食品药品监督管理局，在面对转基因食物的问题上，其处理手法只能用非常奇特、盏鬼来形容。美国食品药品监督管理局，从一开始便自宫，将监管食品安全的权力送给食品生产商做人情。该局认为，让食品生产商自行决定所生产的食品是否安全最为妥善。于是，转基因食品便在这条没有红灯只有绿灯的车道上横冲直撞，为所欲为。

按胃口贩卖

接连有本地团体忙着为厨余问题供应良方，份属有心人的义举。然而这些好主意似乎都是侧重事后执漏的补救之道，显然不如直接向源头喷杀牠死更有效。

上周在此提及，日本许多食肆都不允许顾客把吃剩的打包拎走的做法，实在浪费。就算如此，我还是觉得有必要为日本店家美言几句，澄清一些可能的误解和误读。实际上，日本食肆并不见得一定比允许打包的澳门同行更浪费食物，更容易衍生厨余。

请容我搬弄一下是非，检视日本人和咱澳门人饮饱食醉后的饭桌奇观。日本人外出用膳，习惯吃个一干二净，绝少会留下残羹剩饭。而澳门人的用餐风格则大不相同，上酒楼餐厅医肚，一向举止豪迈，甚至相当嚣张，明知吃不完都要点菜点到店家感激流涕或者跪地求饶为止。很自然，一顿饭下来，碗碟不易清空，剩下来的食物有时比吃进胃里的东西还要多。即使可以打包食物带走，又不见得人人会这样做。结果——就不必多说了。

之所以会这样，各有各的因由。日本食肆的食物分量，以"不提供客人吃不完的料理"作为饭店的"一种规矩"。日本料理大都分量合适，小钵小碟，罕有乳猪全体式上桌的大阵仗场面。不少日本食店还会供应不同的主食分量，方便每天只吃十粒米的减肥大师又或者疑似相扑高手选择。半份拉面？二百克、三百克、四百克、五百克饭？都可以，总之悉从尊便就是。

　　本地食肆是否可以在这方面下点功夫，少些大堆头，或甚至为顾客提供多一些分量上的选择？而我们又是否可以改变一下习惯，从一口气点八大菜彻底更定为唔够再叫呢？

不许打包

出外用膳，无力全面清盘的美食，打包回府享受第二春是最最正常不过的事。从前习惯工作、看书到凌晨四五点，消夜（此一高难度、高风险动作需经多年专业训练，儿童切勿模仿）必不可少，对晚餐的剩余物资尤为珍惜。

从未遇过、听过有店家阻止顾客把吃剩的食物打包带走的事，除了在日本。许多年前，蔡澜先生便抱怨："去过一间不送外卖的江户寿司老铺，朋友叫了很多刺身，我们顾着聊天喝酒，东西吃不完，价钱那么昂贵，我说不要暴殄天物，请店铺的伙计替我打包，但遭到拒绝。我抗议，老板前来道歉，他说他有苦衷，因为要是客人拿回家后不即刻吃，等到不新鲜时出了毛病，那可是要损害到店家的名誉。"

不容打包吃剩的刺身之类食物，或许情有可原。但是很多店家就连其他食物都在封锁之列，难免让人觉得矫枉过正兼浪费。自称"宇宙第一大饕客"的日本女作家吉本芭娜娜，有次和一个朋友在东京一家咖啡厅享用朱古力布朗尼蛋糕（Chocolate Brownie），吃不完，想打包带走，照样遭店员劝阻："本店禁止携出一切食品。"两人百般恳求，甚至亮出"你们不能假装没看见吗"的赖皮言词，亦无法打动店员的芳心。

好在我一早就未雨绸缪，因应日本不可打包的乡例，向经常爱吃剩食物的儿女散播恐怖谎言。我一脸严肃地告诫当年还年幼的两个人仔："日本人做事认真，要是你们吃剩食物，厨师会认为是自己没有把食物做好，分分钟在客人面前切腹自尽。"

　　尽管谎言统治为期不长，数年后便遭两个笨蛋识破，然而好习惯亦由是养成——最遗憾的是适用范围有限，每次一离开日本就会恢复本来的狰狞面目。

《泰山》——白人的非洲

看过新版的动画片《泰山》（Tarzan，2013），不得不佩服大白人主义、帝国主义、殖民主义的修辞同样可以与时并进，手法更高明、更隐蔽。

早期的《泰山》电影（我看过最早的《泰山》电影为二十世纪三四十年代的制作）出现的黑人，不外乎是一群身材奇矮、面容丑恶、反应迟钝的非洲怪物——能否称之为人，在制作者眼里恐怕还是悬案。1932 年的《人猿泰山》（*Tarzan: The Ape Man*），女主角珍（Jane）与父亲有如下一段对白。父："亲爱的，他（指泰山）和我们不一样。"珍："他是白人。"父："无论是黑是白，这样生活的人，没有情感，难以视作人。"珍："是人，他的确是人。"这段貌似对立的对话，在本质上并无区别。父亲不承认在野蛮非洲生活的人是人，而珍的意思是，只要是白人，则作别论。

到了 2013 年版的《泰山》，更索性让黑人在这片非洲大陆完全消失。整部影片，只出现过一个黑人的身影，但地点不是在非洲，而是诡异地出现在美国一家能源公司的董事局会议上忝陪末座——是该感谢白人的教化？还是该感谢黑奴买卖让其祖先离开野蛮的非洲？

没有黑人的非洲，白人自是理所当然的主人。这就是为什么非洲的森林之王泰山会是白人的原因。新版《泰山》里有一个镜头，泰山攀上森林的最高处，犹如王者般眺望这片非洲大地，其震慑力无与伦比。这一刻，非洲任何对帝国主义、殖民主义的指控亦随之变得子虚乌有。

从前的《泰山》电影，早已致力淡化白人殖民者对非洲资源的无情掠夺，顶多不过是偷偷象牙而已。到了新版《泰山》，便已进化到连偷也说不上了。

黑人，怎么称呼？猩猩？

没有黑人的非洲，白人泰山自是理所当然的王者、统治者。《泰山》电影不费吹灰就把殖民统治非洲的任何罪名洗刷得一干二净。假若观众对白人泰山统治非洲的合法性依然稍有怀疑，没关系，2013年版的《泰山》还发明了新款理据，意图为欧洲人在非洲的殖民掠夺洗底，或者，转移视线。

新版《泰山》的故事，是以七千万年前一块巨大的陨石撞向非洲某处开始的。这块陨石具有无穷大的能量，两个指头大的碎片，便"足以供应美国东岸地区一个月的电力"。一家美国能源公司决定找出陨石的下落并加以利用。

这家公司及其领导者，在电影里是作为大反派现身的。那就是说，即使是这样的白人坏蛋、恶棍，到非洲去寻找并意图拿走的陨石，也不过是一件从天上掉下来的东西，何足挂齿？更何况，非洲还有泰山这个好白人保护，自是太平盛世，福寿安宁。

影片一面淡化白人殖民者在非洲掠夺的历史，同时一面又强化白人在非洲的王者角色和存在价值，可谓一石二鸟。

没有黑人的非洲，围在泰山身边的就只有猩猩了。把黑人比作猩猩？也许我想得太多了。然而，历来的《泰山》电影似乎都从不曾把黑人当人看待过。1936年的《泰山逃亡》(*Tarzan Escapes*)有这样一幕：一对刚抵达非洲某港口的白人，欲问路，便很随意地朝一个蹲在地上干活的黑人踢一脚示意。

法国电影学者迪布瓦（Regis Dubois）在评论早期的《泰山》电影时指出，"泰山并没有在黑人土著中寻找伴侣"，可是"只要有一个白种女人出现，他就会立即爱上她"。或者我们可以尝试替泰山反驳这道质疑——想想，人兽恋，不适合吧？

有爱有性才是真谛

有教授热衷换妻，搞得心痒痒却又无胆一试的人民群众争相发难，誓要替天行道。最终这位教授因私生活而获刑，好人的心声由是得到完美的表述。

谁该为这种只为性而不问爱的游戏负责？第一个出场的被告，我会认为是那些颂扬柏拉图式爱情的声音。不管是出于理想或是现实的无奈，柏拉图式爱情其实就是硬把情爱和性欲强行分离。既然爱和性是可以分开的，凭什么觉得纯粹的爱情值得善祷，而那些纯粹的性欲却只许背负污名？爱情与性欲都是人间最美好的东西之一，而唯有当二者紧紧结合在一起的时候，才完美，才不会彼此辜负。

冯梦龙在《警世通言》里也讲了个"换妻"故事，当中不仅有情有性，而且还包含世道义理。话说徐信"自幼学得一身好武艺，娶妻崔氏，颇有容色"。金兵入寇，夫妻随百姓晓夜奔走，却在"四野号哭"的兵荒马乱中失散了。后来徐信偶遇与妻年岁相仿、也是避难途上与丈夫失散的妇人，于是赠衣送饭，"借半间房子"。"妇人感其美意"，两相情愿，"热肉相凑"，做下了爱做的事。如此这般三年，徐信竟遇上妇人的丈夫，那人说已另娶妻，表明"旧日伉俪之盟，不必再提"，但当日"仓忙拆开，未及一言分别，倘得暂会一面，叙述悲苦，死亦无恨"。结果，小说就这么无巧不成书，那人的妻子正是徐信的前妻。于是四人"相抱而哭"，"将妻子兑转，各还其归，从此通家往来不绝"。

　　别迷信什么柏拉图式爱情，更不要自贬作有性无爱的上床机器。说到底，有爱有性才是真谛。

损害东西该怎赔？

内地长假，大抵要数云南玉器市场的生意最惹众声喧闹。事缘有游客在选购玉器时，因为"手滑"，不慎将一件标价二十八万元的翡翠挂件摔落在地。后经双方协商，游客赔偿三千元给店家了事。无事不关心的网民纷纷站队，为游客喊冤的说"被坑惨了"，挺店家的则放话："赔少了，有钱原价赔，没钱别摸。"

损坏东西要赔是常理，但怎样赔、赔多少却大有讲究，非常识能代劳。有人抱着一个市值五百万元的古董尿壶，在人头涌动的新马路等巴士，却让赶着上班的你不慎撞到。尿壶也不节外生枝，依足我的剧本行事，立马从那人手中挣脱堕地，宁为玉碎。请问阁下，你是否认为得赔五百万才算得上是个肯负责任的正人君子？也许阁下并不愿意回答这个仿真度不高的假设性问题，那我说件真事。

大概十多年前，温州一名女子开着一辆平价的日本车上路，拐弯时不小心撞上一辆价值一千一百万人民币的劳斯莱斯。警员到场鉴定为该女子的过失，要承担损害赔偿。估计以原厂配件修复劳斯莱斯，大概需要两百万元。而该女子所投的意外险，最高只能理赔二十万。据媒体说，女子名下有两套房子，"大概只好卖了，还不一定能善后"。

上述例子引自台湾著名法律经济学家熊秉元所写的书《正义的效益》。熊秉元借这个案例来解释风险、赔偿、权利等问题。他认为，我们日常生活的空间里，面对的只是一般的风险，但假如有人把不寻常的风险带进来，就得自行承担部分或全部的责任。

　　开劳斯莱斯上路、夹天价古董逼巴士、在摊档摆卖几十万元一件的玉器，无疑就是把不寻常的风险带进我们的日常生活当中。赔三千元也许合理，赔两百万则完全没有道理。

欠债，不一定要还钱

执笔本文时，希腊的债务问题依然在债主与债仔之间死命纠缠，相互角力到最后一秒钟。舆论大都很有正义感，坚信借债还钱天经地义。我也没准备为希腊人流一滴眼泪，只是好奇历史风向缘何会从谴责放贷人贪婪转变为抨击欠债人还款不力。

古希腊历史学家普鲁塔克（Plutarch 在西方的地位大抵相当于我们的司马迁先生）鞭挞放贷人"野蛮""邪恶"。一千年后的但丁毫不含糊地继承罗马政治家炮轰债主的传统，把放贷收息者等同杀人犯，一一送进《神曲》里的第七层地狱。

今天，同情债仔的声音远没有为债主站台的喇叭响亮。人类学家格雷伯（D. Graeber）在研究五千年债务问题的本质后，却罕有地将矛头指向不负责任的放贷。他认为"欠债还钱"并非理所当然地正确：如果不论多么愚蠢的贷款都能获得偿还，那么还有什么理由阻止债权人借出愚蠢的贷款呢？

向一个主权国家放债，举债国诸色人等都会自动成为债仔，承担还债义务，即使当中的大多数人并不曾直接或间接从贷款中获益（这种情况在贪污盛行的国家尤为常见）。一个主权国家是不会消失的，如果不允许一个无力还债的国家破产，那么这个国家的人民只要还未死绝，都得继续还债。既然借出去的钱总能连本带利收回，又有谁不乐意胡乱将钱借给手紧或者大花筒的国家呢？

国际货币基金组织最爱强迫还不起钱的国家消减公共开支，马达加斯加就是因此不得不停止蚊子监控项目，结果导致疟疾大规模爆发，一万人丧命。

国债的魔法

才刚上台，特朗普总统便至少做了一件实实在在为美国某类人谋幸福的好事——为赚钱赚得不够潇洒、逃税避税又嫌太过粗劳的有钱人减税。另外，总统大人却又同时要增加军费开支。头脑简单的俗人难免要问一个地地道道的傻问题：钱从何来？

真没见识啊。经常炫耀自己是成功商人的特朗普先生，过去十八年却从未曾缴纳过哪怕只是区区一美元猛于虎的苛税。对于不缴税一事，特朗普先生坦然得一点都没有心理障碍："显示我的聪明。"所以，大家又岂能不信任他财来自有方的盖世才华呢？还慌什么慌？

更何况保守派向来会魔法。国家没钱没关系，可以举债。国家举债的好处好得令人难以估量。法国著名经济学家皮凯蒂（T.Piketty）所写的《21世纪资本论》里，就有章节提到"谁是公共债务的得益者"。历史上，英国公共债务高得惊人（18世纪70年代为国民收入的100%；到19世纪初则接近200%），其结果，不仅"提升了私人财富在英国的影响力"，而且，由于"政府赤字扩大了对私人财富的总需求，这不可避免地会造成资产收益率提高，当然也有利于那些依靠政府债券的投资收益致富的人"。有钱人不交税，还可以利用国债来赚钱，本来就是一件幸福到极品的事，万万没想到原来还有后着的好戏。

国家因入不敷出举债，保守派万众一心的顺口溜是国民福利太好。有钱人不费分毫，又能发财，还可以连口爽都赚埋，将责任归咎于穷老实缴税的中下阶层的福利太好。这种一举三得的掩眼魔法，确实高。

熊胆的道德囚笼

相信大多数近日观赏过在活熊身上取胆液的人，都会对这种新款虐熊技法，报以万二分的鄙夷。然而，这种态度顶多能维持一分钟，之后便得马上面对来自体内体外阶级敌人的道德诘难与拷问。是有选择的善良？是对其他动物的痛苦视而不见的仁慈？甚或，你食肉吗？

面对这些问题，再口硬，我也只能夹着尾巴低声下气抬出 3R 原则来负隅顽抗：有比熊胆液更有效的替代药物吗（Replace）？如果没有，能减少使用吗（Reduce）？能改善目前采液的技术来降低对熊的伤害吗（Refine）？ 如果三个答案都是否定的，我会选择沉默。

其实，只要人还跟其他物种一同在地球上打滚，无论人要扮演主宰抑或要跟诸色物等平起平坐，我们都一样会陷入无休止的道德两难之中。要当主宰，有点平等思想的人又怕对不起世间万物；到平等大驾光临，我们却张罗闭门羹款客，深恐蛇虫鼠蚁谋朝篡位。

这里有十个人和十头动物，而救生艇的座位只有十个，谁该上？在道德的囚笼里，就连为动物争取平等权利的领军人物 Tom Regan 和 Peter Singer，都会在紧要关头选择抛弃动物。这类言行不一的情况，同样发生在经常标榜不杀生和环保的素食主义者身上。

在我而言，不杀生，只是宗教修辞，现实生活里几乎不可能。生，包括些什么东西？微生物算不算？植物算不算？肚里的寄生虫算不算？有病吃不吃那些不知杀死了多少只老鼠兔子猴子才炮制出来的药物？撇开这些气人的无聊问题，只想请教一句，你吃的食物，如谷物蔬菜水果之类，是百分之百有机的吗？

过去几十年，农业增产的其中一个重要手段，是靠滥用化肥和农药得来的。由此污染毒化了多少土地和地下水？害死了多少靠农地存活的小动物和昆虫？

素食者的圣洁

怜爱动物之心，人皆有之，素食者却钟情自诩独家专卖。人类历史上第一部反对虐待动物的法案，便不无讽刺意味地由一位爱打猎而非素食的英国人 Richard Martin 提出的。

素食者拒绝吃肉，的确能造福猪牛鱼鸡此类日日任人鱼肉的动物。然而，素食者似乎并不满足于这种不够隆重的表扬，明明只是不吃肉，却偏偏要将自己说成不杀生，非得把自己打扮成圣人不可。

你家小孩不慎掉进河马场里，一头五吨重的成年河马正向孩子走过来，你会向河马开枪吗？或许你会嫌例子太极端，不足为凭，可我却不这样认为。我以为往往在极端危急的情况下，才能真正考验一个人的品德与性情，特别是能测试那些习惯装模作样的冒牌君子，或者次货。四川地震时，有位如今被讥为范跑跑的老师，平日还蛮仁义道德的，可是一到危难关头便露底，丢下学生不管，只顾自己一个人忘情逃命。

印度耆那教非常认真地看待万物皆有生命这个课题，为避免伤害生命，教徒拒绝耕种，吃得少之又少，吞进肚里的常常是那些已死去的果实和掉下来的树叶。我们那些时髦的素食者，当然不打算这样做。他们从来不会质疑嘴里的不杀生是否名副其实，是否一致，是否需要太多无法自圆其说的例外。

在动物权利、社会伦常和生态伦理等多重困扰之下，常会让我这个爱胡思乱想的庸人感到非常自扰。真佩服那些道德挂心口的素食者，他们心情特别好的时候，还会喊出这样仁慈的警世口号：食肉即谋杀！Meat Is Murder！

有部很棒的纪录片叫《毒食难肥》（*Food, INC.*），里面访问了美国一个四口的贫困家庭。因为经常买不起蔬果，大人和小孩都靠吃廉价的汉堡包度日，父亲也因此患上糖尿病。

或者在素食者眼中，这些谋杀犯该是罪有应得的吧。

素食，环保吗？

素食，常常牵涉环保生态问题，这个当然值得所有人无条件注目。对素食者而言，问题似乎比较简单，反正答案摆在那里，一于素食救地球。

素食真的有益于环保生态吗？表面证据似乎站在素食者一边，然而，若深入仔细分析，却有可能将素食置于危害生态的被告席上。或者，我们先听听素食者最常用来指控肉食者的陈词便是浪费食物，比如说，肉牛增重一公斤，就需要消耗七公斤做饲料的谷物（常指玉米、小麦、大豆之类）。这种证言，若非出于小小无知，便是稍稍存心误导。

中国是世界头号产肉大国，恐怕没有一个农民会单拿谷物去喂牛养猪。最常见的饲料是由豆粕（大豆拿去榨油后剩下的渣）、秸秆（谷物的茎部，从前农民收割后当废物堆在田里烧的东西）和一定比例的谷物组成。印度拥有全球最大的乳品业，所饲养的乳牛已几乎全用粗饲料——麦秆、稻草、玉米秆和路边野草喂食，不费一粒谷物。

这种相当环保的饲养方法，不仅能为人类提供廉价的蛋白质，且更能随动物粪便免费附送有机肥料和燃料（由粪便制造出来的沼气比传统的矿物燃料少释放20%的二氧化碳）。

素食主义者提供的方案，只是让人从暴食动物的极端，引向另一个独吃植物的极端。不仅无助改善危机四伏的地球环境，甚至恐怕会为我们带来另一场生态劫难。全球八十亿原先处在食物链上方的人，放弃食用陆地和海洋里大自然提供的动物资源，改而专向植物埋手。为获得植物蛋白质，人就需要种植更多的大豆，而在同一块地里，大豆的产量远低于稻米。结果，又得开垦更多的土地。

以我毫无水平的愚见，大幅减少食肉而非素食，让饲养的肉食动物与农耕的互存互补达至最佳平衡，显然更有益于生态。

High 死了

先排除开我对教育等同分数、考试的无尽敌意，姑且趁热闹睁半只眼看一回状元游街。意思是，我万分情愿放低历史悠久的成见，转轨下海随波逐流，承认考试分数既神圣又权威，能证明一百分学生皆天才，五十分学生尽笨蛋。

近日 OECD（经济合作与发展组织）派发新一轮的成绩表——你得承认，又到了东亚人，尤其是中国人齐齐 high 兴奋剂的 happy hour。OECD 综合 PISA 及 TMSS 两项国际数学与科学成绩，指香港十五岁学生的科学水平位列全球第一，数学全球第二。

从上海、香港、澳门到台北，从日本、韩国到新加坡，这些地方的学生常常在类似的测试或比赛中表现卓越，毫无疑问，绝对是自幼训练、从早到晚做习题、经历无数考试（一个芬兰大学毕业生所经历过的考试都没有我们一个小三学生多）才能赢得的伟大成就。

成功总有原因，失败也是。例如，落后的欧美学生只能在一所学校学习，而勤奋的东亚学生则能同时应付两所学校：一所是日间的，一所是黄昏后的。论师资，黄昏的补习学校显然更胜一筹，总能邀请到最高贵的皇室成员——天皇天后亲自执教。近年韩国学生异军突起，大有要取代上海成为 PISA 状元之势，这些骄人成绩无疑要归功于经营到凌晨的补习学校。可惜后来韩国政府立法规定补习学校必须在晚上十点前关门，才令世界冠军梦功亏一篑。

　　OECD 研究指位居 PISA 测试前列的东亚学生，焦虑水平高于全球平均值，而且学习兴趣低，对学校教育更持负面评价等等。这些我们都不管，总之，将学生培养成世界一流的考试机器才是我们的教育使命。

S 加了没有？

日前作文，居然大意把一出影片 *Mr. Blandings Builds His Dream House* 中 builds 的 s 遗弃了。到发现时，已是光天化日下本栏献身卖艺的星期三，回天乏术，挽救无从。这样高级别的糊涂，万望读者不必太过介怀，稍稍鄙视一下就算。

从小，英语老师就一直提醒我们，第三身、单数、现在式，动词后面一定得跟 s 牵手，不许孤身上路。所以后来当我读到乔伊斯（James Joyce）的经典巨制《尤利西斯》（*Ulysses*）的时候，就感到无限迷茫，格外不知所措。乔伊斯的英文语法不知道是跟谁学的，竟然会写下这种不守正道的句子："When I makes tea I makes tea, as old mother Grogan said. And I makes water I makes water." 借用萧乾、文洁若的中译，这句话的意思是："葛罗甘老婆婆说得好，我沏茶的时候就沏茶，撒尿的时候就撒尿。"在跟随第一人称"I"的动词后加上"s"，乔伊斯这样子作弄英文，不知安的是什么好心或歹意。反正我搞不懂，只好胡乱猜测：是不是作者不想 make 当单身狗，硬要充红娘，为其配上 s 才过瘾？翻看两个《尤利西斯》中译本（坊间常见的两个《尤利西斯》中译本，除了萧乾夫妻档的，还有一个是金隄的，两个译本各有长短，但我以为金隄的译文更可读），同样不得要领。两个译本都写上满街满巷的注释，唯独对这个古怪句子保持缄默，是因为众译者都觉得太显浅不值一提，还是和我一样不明所以？——必定是我大惊小怪想歪了，无论如何也不可能是后一个原因。

　　乔伊斯玩英文的水平轮不到我来表扬。但他硬造英文新字的气概，我还是羡慕得咬牙切齿。比如这个 36 个字母的字，contransmagnificandjewbangtantiality，我一见就想杀死它解恨。

（不算）独裁者的春天

凡是有人过身，特别是名人，礼貌上大家都该送上惋惜以及心血来潮的敬慕。新加坡李光耀先生自然没理由接受例外。

不爱恋栈权位却独喜垂帘资政的李光耀先生，几乎直到最后一刻还在台前幕后指点国家政务，鞠躬尽瘁到极。李光耀先生当然不算是独裁者，最多也不过是一台高效的灭声器，非常成功地收缴任何反对声音罢了。当李光耀先生还算行得企得的不久前，南洋大学有群学生邀请某在野党党员到校园演讲，当校园学报准备刊登该活动的报道时，校方却出面阻止，要求学生撤下相关内容。

李光耀先生留下了许许多多的政绩供全世界人民瞻仰，比如说一个广受称颂的廉洁政府。李光耀先生的招数很简单，先以天价高薪养肥官员自己（李显龙的年薪是奥巴马的五倍），然后附以严苛的法例。但是当世人见过更多世面的时候，李光耀先生的政绩就未免变得有点可疑。世界上有不少和新加坡一样廉洁（甚至有过之而无不及）的国家，如瑞典、丹麦、芬兰、加拿大、新西兰、荷兰等，这些国家的高级官员薪资，远远没有新加坡官员丰厚。

新加坡官员以廉洁、守法自诩，这是李光耀先生尤其引以为傲的伟大建树之一。有两位美国学者，曾经研究过纽约联合国总部前各国外交使节违例泊车的情况。由于外交官享有泊车的外交豁免权，因此不违例停车、泊车便成了考验各国外交官是否自觉遵守交通规则的标尺。结果，新加坡使节的违章水平跟墨西哥、阿根廷、罗马尼亚、乌干达同一档次，甚至不如海地、加蓬、立陶宛以及邻国马来西亚的外交官自律。

广东客人

梁朝伟在侯孝贤的《海上花》里开腔讲粤语，大家登时头拧拧。

原著小说《海上花列传》以吴语写成，兼且说的又是十九世纪末上海妓女、嫖客的故事，自然以说阿拉有钱侬本多情为正宗。

也难为侯孝贤。试想想，侯导演拣中梁朝伟，以为他与来自苏州的刘姓女朋友多年早晚相对，日子有功，学得一口二手吴语。岂料事与愿违，侯导演又不忍再次要伟仔演哑巴，索性叫后者演个广东嫖客了事。

上述纯为个人瞎猜，一概不负言责。

话时话，让梁朝伟口说广府话，虽则有点突兀，却未算完全无中生有。

其实小说《海上花列传》就几番写到广东婊子与广东嫖客。

第四十三回有："前晚粤人某甲在老旗昌妓请客，席间某乙叫广合兴姚文君出局。因姚文君口角忤乙，乙竟大肆咆哮，挥拳殴辱，当经某甲力劝而散。"

又第四十八回，更详述广东妓女，尽管语多刻薄："众人再仔细打量那广东婊子，出出进进，替换相陪，约莫二三十个，较诸把式却也绝不相同：或撅着个直强强的头，或拖着根散朴朴的辫，或眼梢贴两枚圆丢丢缘膏药，或脑后插一朵颤巍巍红绒球。尤可异者：桃花颧颊，好似打肿了嘴巴子；杨柳腰肢，好似夹挺了背梁筋。两只袖口，晃晃荡荡，好似猪耳朵：一双鞋皮，踢踢踏踏，好似龟板壳。若说气力，令人骇绝！"

　　张爱玲为《海上花列传》注译时亦提到，"广州是外贸先进，书中提起的'广东客人'都仿佛是阔客"。因此，侯孝贤更改伟仔的"王老爷"角色的籍贯，让其充当广东嫖客，未算胡来。

擦责侍候

内地学人丁启阵应邀来澳出席澳门笔会成立三十周年的活动，并随即为文记述他一家人在关闸先行接受我们时代最有口碑的职业——的士司机——礼待的经历。因为丁先生稍稍质疑司机在的士候车处不按次序载客，便马上赢得如下报应："一个出租车司机，当着我妻女的面，劈头盖面骂了我一顿。骂得非常难听，'×你妈'（估计是'×你老母'的普通话版本）三个字至少重复了两遍；同时有恐吓意味，当时我三岁的女儿被吓得直发抖。"

坦白说，丁先生为了那么一丁点儿不快而在网上发文广告澳门的士司机的待客之道，未免太小题大做。多得澳门政府长久以来宽宏大度的栽培与纵容，令的士行业早已壮大成天下无匹的服务巨星。几年前，我和家人从氹仔海洋花园打的到金沙城。一上车，的士皇帝便马上毫无保留地表达他厌恶路途不够山长水远的内心感受："×！早知甘×近就唔×接！×你老母！"论措辞之精准、文采之华丽，直逼唐宋八大家。要等到抵达目的地，皇帝才依依不舍地终结了他致力教育我们一家的语文课。

澳门拥有无数这样之都那样之都的美名，却独欠礼仪之都的牌匾。年前有调查指澳门人的笑脸指数位居全球倒数第二（居然不是倒数第一？），澳门人是真的不爱笑还是因为惯性无礼？想来当属后者居多。日本江户时代有种专门侍候妓女的刑罚，叫作"搔责"。所谓"搔责"，就是搔痒之刑：施刑者以羽毛或毛笔等道具，不停在受刑者的腋窝和脚底搔痒，令其发笑。我以为这种刑罚很适合无礼的澳门人，值得引进。

一个笑话：蓝墨水与红墨水

要票选当代最有趣的哲学家，除了齐泽克，还有谁够格当候选人呢？

哲学著作大都拒人千里，难啃非常。斯洛文尼亚哲学家齐泽克（Slavoj Žižek）偶尔也会散播这类哲学家特有的病毒，然而庆幸的是，在大多数情况下，这位大胡子总能保持其亲民的有趣风格。之所以说有趣，是因为齐泽克经常用哲学来评论大家熟知的流行文化（尤其是电影）以及时事，又或者反过来，借流行文化、时事来讨论哲学。由于熟知，少了陌生的距离感，任谁都可以在齐泽克的引领下，在没有藩篱的哲学世界里畅想。

在介绍齐泽克亲自编撰和演出的两部纪录片《变态者电影指南》（*The Pervert's Guide To Cinema*）和《变态者意识形态指南》（*The Pervert's Guide To Ideology*）之前，想先讲一个我从齐泽克的著作里读到的一个笑话。这个笑话跟我接下来要说的内容没有多大关系，纯粹不过是因为我喜欢也希望读者喜欢而已。

东西德统一前，一个德意志民主共和国的工人，在西伯利亚觅得一份工作。他知道，从苏联那边写信回国，很难逃过审查官的法眼，于是他和朋友约定："如果我给你的信是用普通蓝墨水写的，那我信上说的一切都是真的；如果是用红墨水写的，那一切都是假话。"一个月后，朋友收到他寄自西伯利亚的来信。信是用蓝墨水写的："这里的一切都奇妙无比：商品琳琅满目，食品极其丰富，公寓不仅宽敞，暖气也很充足，电影院放映的全是西方大片，还有很多漂亮的姑娘，可与她们眉来眼去。这里只有一样东西不好——红墨水缺货。"

　　借用这个笑话，齐泽克进而对思想自由展开奇诡有趣的哲学思辨。

《变态者电影指南》

评论家伊格尔顿（Terry Eagleton）以"聪明得一塌糊涂"来形容齐泽克，绝对是毫不夸张的写实供词。相对于略为深奥的《变态者电影指南》而言，《变态者意识形态指南》无疑更易为观众受落。与前者纯粹评论电影不同，后者则左右开弓，就连可口可乐、小朋友喜爱的kinder蛋都一一收归到他口若悬河之中。

齐泽克最擅长拿拉康（Jacques Lacan）的理论来分析电影，对希治阁、大卫·连治（David Lynch）等人的作品尤为拿手。其实观众大可不必理会拉康这家伙，只要听听齐泽克怎么说就够，因为这样更能尽情享受阅读齐泽克所带来的最大乐趣。

在这两出纪录片里，齐泽克对电影声音的分析和解读，令人印象难忘。电影《仙乐飘飘处处闻》（*The Sound of Music*）有首著名的插曲，叫作《翻过每一座山》（*Climb Every Mountain*）。这首歌是女修道院院长唱给受情欲所困的修女玛利亚听的，齐泽克认为那是"对欲望一个令人尴尬的肯定"。

齐泽克对卓别林的伟大作品《大独裁者》（*The Great Dictator*）所做的分析，可谓叹为观止。齐泽克眼力非凡，指出声音在整部影片中所起的特殊作用——"内在的深层罪恶"。兹举其中一例。片中，卓别林分别饰演希特勒和一名犹太理发师。有次，希特勒的手下错把理发师当成元首，请后者上台演讲。理发师柔情地说："对不起，我不想成为帝王，这不是我想做的。我不想去统治或征服任何人。如果可能，我愿意帮助任何人……我们都想互相帮助。战士们，以民主的名义联合起来！"这时，掌声雷动。齐泽克却发现，所有人给民主呼吁的掌声和给希特勒的掌声是"一样的"。那就是说，没有人会思考一下元首究竟在说什么。只要是元首说的，无论是呼吁民主还是叫卖独裁，民众都会鼓掌。这是《大独裁者》无比深刻的一面。

题外话：齐泽克在为其著《斜目而视》（*Looking Awry*）的中译本所写的序言中提到："我认为贾樟柯是目前世界顶尖级的三四位导演之一。"

年度"疯晕"人物

世事纷扰，疯癫辈出。去年无聊读书看戏的最大收益，居然是记下了几个疯子的故事。

斯洛文尼亚哲学家齐泽克很爱讲笑话，其中一个是这样强迫我们开怀的：一个疯子总认为自己是一粒玉米。经过医生的一番治疗，这个人终于痊愈回家。很快，他又回到医生那里，惊慌地说自己刚刚遇见了一只鸡，很害怕会被鸡吃掉。医生再次向他解释："你是人，不是玉米。"对于医生的说法，疯子反驳说："是的，我知道自己是人，但鸡知道吗？"

BBC 制作的纪录片《中世纪生活》提到一个全村人装疯的故事。1200 年，贵为不列颠王国史上最不受欢迎的国王约翰打算到诺定咸一游。得知国王的出行路线将会经过葛谭（Gotham），该地村民非常担心要缴交额外的税项来为国王修路。所以当国王的信使来到葛谭的时候，全村人便装疯扮傻起来。疯癫病在当时被认为是会传染的，结果比猪聪明的国王约翰便绕道而行，远离葛谭。

葛谭虽然是个小地方，却引来后世诸多攀附。美国头号大城纽约的别名就叫葛谭。《蝙蝠侠》系列电影的故事，便是发生在一个叫葛谭的城市。

去年因为要在本栏乱掉书袋，便又火速翻阅了《列子》一遍。《列子》里有个级别很高的精神错乱者。逢先生有个仔仔，傻得听见歌声以为哭声，看白以为黑，闻香以为臭，甜当苦，非当是。逢先生闻得鲁国多高人，便跑去请教。途中遇见老子，便将儿子的疯癫事一一告之。老子说："你怎知你的儿子发神经呢？如今普天下的人都分不清是非。哀乐、声色、臭味、是非，又有谁可以给出正确的判断呢？我这番话亦未必不是胡说八道，更何况是鲁国那些高人呢？你还是趁早回家吧。"

齐泽克的笑话

　　哲学家大都是世间有数的闷蛋，齐泽克无疑是难得一见的异端。他很喜欢说笑话，而且还可以用笑话来解释他的思想。新春在即，我并不打算在此复述那些让人一听就觉得很不吉利的什么哲学，而只会转录几个齐泽克说过的笑话。

　　齐泽克曾经提出过一个问题："世界上最轻的东西是什么？"别瞎猜了，他的答案是"鸡巴"。为什么？"因为它是唯一仅凭纯粹的意念就能举起来的东西。"

　　这个笑话有点色，那就换一个更色的。有个地方小吏，到大城市出差时，顺便买了一双闪亮闪亮的昂贵皮鞋。归来后，他想让秘书对自己的新皮鞋留下深刻印象，于是当秘书进办公室为他倒茶时，他就把脚伸到秘书的裙子下。然后透过皮鞋的反映，他得意扬扬地告诉秘书，她今天穿的内裤是蓝色的。第二天，他又重施故技，然后又说出秘书内裤的颜色。到了第三天，他再如法炮制的时候，却很沮丧地发现这双新鞋已经从中裂开并蒙污。原来秘书那天根本没穿内裤。

　　再这样说下去就不高尚了，还是换一个有品的。某甲总觉得自己是玉米，一天到晚都担心会被鸡吃掉。于是某甲跑去接受精神科医生的治疗。经过一段时间治疗之后，某甲终于康复，不再觉得自己是玉米了。一天，某甲气急败坏地来找精神科医生，说他刚刚遇上了一只鸡，很害怕。医生便再对某甲说："你是人不是玉米。"某甲还是很害怕："这个我知道，但是鸡知道吗？"

《天注定》

　　再挑剔的观众，也很难在贾樟柯的鸡蛋里发掘出一块骨头来——就算有，又有谁会在乎呢？

　　贾樟柯的电影世界，真实得令人驻足，令人迷茫，令人不安，令人痛。在新作《天注定》里，贾樟柯仍旧死咬着残酷的现实不放，镜头下尽是那些遭生活撞个头破血流、伤痕累累的小人物，而且几乎毫无例外都采用暴力手段来反抗或者"解决问题"。影片所展示的社会景象，我们一点都不陌生，听听下面这段叫人哭笑不得的对话，自然心领神会。

　　演煤厂小工的姜武问另外两个小工："外面谁的三轮车？"答："不知道是谁的。"姜再问："谁的呢？"答："它停在那里两天了。我们也不知道它是谁的。"姜："没人要，我弄到街上卖了去。"答："那村长的奥迪A6也放在他家门也没人开，你也卖咯？"姜："你以为呢？他的奥迪A6是全村人人有份的，要不是他把集体煤矿转给私人，他用鸟买啊？"答："怪不得看得那么眼熟呢！那贼亮贼亮的车辐辘，原来是我的啊！"姜："就是嘛！嘿嘿！"

　　姜武公开质疑煤厂老板、村长侵吞了原本属于工人的花红，打算向中纪委投诉，却遭到毒打和羞辱。最后，姜武用猎枪杀死了老板、村长等一干人。

　　同样，演按摩店前台招待的赵涛，因拒绝一个客人（一名地方土豪）要求的性服务，遭对方用一叠钱连番掌掴了三十几遍，赵涛一怒之下用刀刺死他。这时，赵涛反手握刀的姿势，简直就是除暴安良的侠女化身，仿佛迎合了历史学家霍布斯鲍姆（Eric Hobsbawn）的说法，任何一个与压迫者发生冲突的人，都很容易被视为英雄。

贾樟柯对镜头下这些小人物的悯恤，的确考验我们看待暴力的立场。最终，观众不得不承认，对于姜武、赵涛以暴易暴的反抗，会有一丝安慰和快意。

哪儿他妈有以后

贾樟柯自称是"一个来自中国基层的民间导演"。这不仅仅是个准确的自我定位，还拥有非常了不起的含意。改革开放以来，甚至 1949 年以降，恐怕没有一个中国电影导演能像贾樟柯那样，如此真实、真诚地反映低下阶层残酷的生存状况。而且问题更为复杂的是，这种残酷的生存状况，非关温饱。

尽管贾樟柯写的大都是乡镇里的低下阶层，却没有一个人濒于饥寒交迫的处境。这些人物，毫无例外地只能活在渺小，甚至罪恶的当下，宿命地与失落、失望为伍，无力想象、希冀明天的太阳。

就像《任逍遥》里的斌斌。高中已辍学的斌斌，女朋友马上就要离乡去北京上大学。斌斌借了一千多元贵利买来一部手机送女友做礼物。女友温柔地说："那以后方便你找我？"斌斌沉默了片刻，说："哪儿他妈有以后。"

"哪儿他妈有以后"，正是这些人物真实的写照。斌斌也曾有个当兵的渺小希望，但由于是肝炎带菌者而早早就被挡于门外。斌斌爱唱任贤齐的《任逍遥》，结果呢？斌斌在同样没有将来的老友小齐的怂恿下，柴娃娃一起打劫银行。两人还未得手，斌斌已被抓。派出所内，警察命斌斌唱首歌，后者便唱起《任逍遥》来："让我悲也好，让我悔也好，恨苍天你都不明了。让我苦也好，让我累也好，随风飘飘天地任逍遥。英雄出身不怕太淡薄，有志气高哪儿天也骄傲……"我不打算把这首歌全抄下来，但是在电影里，贾樟柯却让斌斌把整首歌从头到尾唱了一遍，直至影片结束。

受警察之命，戴着手铐高唱《任逍遥》，这是何等令人心酸的青春挽曲？

现实加虚构等于更真实

贾樟柯的电影蕴含着一种无与伦比的现实感，气场宏大，力量澎湃。这种强大的现实感究竟从何而来？简单的一句写实，不足以完全回答这个问题。在贾樟柯的作品里，真实的人物、事件和虚构的人物、事件常常互为表里，相互颠覆。结果，无论是现实里的虚构还是虚构里的现实，都一一成了贾樟柯电影世界里的真实。

在电影《二十四城记》里，贾樟柯以半纪录片的方式，穿插了多个人物访问。让我们看看贾樟柯如何利用陈冲这个既真实又虚构的角色，导向电影世界里的真实。陈冲在戏里叫顾敏华，1978年从上海分配到成都一家军工厂工作。在一个拟真的访问里，"顾敏华"提到当年工厂里的人把她叫作"小花"的往事："那时候不是有个电影叫《小花》嘛，陈冲、唐国强、刘晓庆演的……都说我长得像小花，就陈冲演的那个。开始在背后叫，后来当面也叫，反而我真正的名字，没有几个人知道。"在这里，陈冲既是顾敏华也是陈冲，既不是陈冲也不是顾敏华，这样一来，不仅颠覆了虚构，同时也颠覆了现实，从而进入贾樟柯更为深层的真实世界里。

《站台》里也有类似的手法。一众戏中人物在车站候车，此时，车站广播播出了内蒙古自治区公安厅的通缉令，缉拿："余力为，男，现年二十四岁，广东省中山县人，身高一米七〇左右，讲话有浓重广东口音，精通法语。"来自香港的摄影师余力为曾留学比利时，是贾樟柯自《小武》起一直合作无间的拍档。这个通缉余力为的小节，其作用就像陈冲在《二十四城记》里的例子一样，不仅仅是个玩笑。

数尽蛊惑招

要数光阴的话，便是历时三载，经不下数百回合思想挣扎，才得立定主意，招个陌生人登堂入室同屋共住，担当家务助理。

家务助理一称，实为工人、菲佣、印佣 Upgrade 版，虽有提升地位之意，却因特别长气，未为本地同胞广泛采纳。

靠雇佣中心为媒，隔住个南中国海，一次视像电话，就要找个千里外的异乡人返家同食同住，其可怕程度迹近盲婚哑嫁，仅好过指腹为婚而已。

想想都觉得有惊栗效果。

其实谂多层，她应该感到害怕。

人家离乡别井，只身到完全陌生的环境打工，凄凉指数可想而知。若不幸走入中国人家庭，情况更是不堪。

有些人奴性爆棚，欣逢有比自己更"卑微"的"下人"、妹仔、奴婢，当然喜不胜收，全力发挥老爷少奶本色，绝少欺场。

所以妹仔每日廿小时工作之外，闲时还得承受男主人强奸、女主人熨斗烧面的洗礼，才算恪尽本分，忠于职守。

当然，也不可能没有不是省油灯的家务助理。

两百多年前，英人史威夫特（Jonathan Swift），写《格列佛游记》（*Gulliver's Travels*）的这位仁兄，出版过一本叫《仆人指南》（*Direction to Servants*）（这本书，即使拥有英国文学黑带九段的高手都未必知道），便以嘲讽的口吻，名为教导实为数尽用人的各款蛊惑招式。

《书店风景》

网络年代，新书也像古董，只宜放在博物馆让人隔着厚厚的玻璃指指点点。

电脑恐怕是最具破坏力的杀虫剂，赶绝了多少书虫。据环保人士扬言，未来一百年，可能会有上千种濒临绝种的生物在地球上蒸发，不知是否包括书虫在内？

书虫老的老，死的死，买少见少。

唯有自重自勉，彼此扶持，方使苟延残喘。

名牌书虫董桥写伦敦逛书肆的陈年故事，字字飘香。

大学岁月，我也曾爱打扮成一条小小的书虫，以为可以自高身价。

讲书店，我坚持崇洋媚外。

东洋京师的神田固然好，西洋书肆则无疑更吸引。

台湾书虫锺芳玲写的《书店风景》，介绍太平洋、大西洋彼岸的书虫好去处，还未死绝的爱书人该当人手一本。

《书店风景》里张扬的书店风景，至少有三家，我曾一亲芳泽。

最熟悉的自然是巴黎的莎士比亚书店。莎士比亚书店名声响当当，单是大半世纪前女店主与乔伊斯的交往，便是无数正经学者研究的材料。莎士比亚书店位于塞纳河畔左岸，与不少高等院校近在咫尺。年轻时我在巴黎胡混，莎士比亚书店里的书我就蛀过不少。读书人或许不知，这家赫赫有名的巴黎书店，卖的主要是英文书而非法文书。

　　另一处最令我难忘的书店是在威尔士小镇 Hay-on-Wye 的二手书店群。整个镇到处都是书香扑鼻的旧书店，也因此而名震英伦。Hay-on-Wye 位于 Golden Valley 边上，沿路景色迷人，仿若不食人间烟火的桃花源。

齐心协力，共谋堕落

罗马尼亚也许很遥远，但罗马尼亚社会所发生的事，有我们共同关注的感慨和叹谓，熟口熟面得一点都不陌生，甚至有切肤的寒意。

电影《孩子的姿势》（*Child's Post*）（手上的 DVD，中文译名叫作《婴儿式》，比坊间从英文直译的《孩子的姿势》更不知所云）所反映的罗马尼亚社会现状，与早前曾在本栏介绍过的波兰电影《公路巡警》所描绘的社会乱象，甚是相似——尽管故事各异，控诉的却是雷同的世情，以及同一款堕落和败坏。

年过六十的科内莉亚是个名成利就的建筑师，亲朋好友多是权贵人物。科内莉亚有个年约三十的儿子叫巴布，表面上在外独立生活，但其实大如房子小如滴鼻药水，都由科内莉亚提供——借用科内莉亚对巴布说的一句话："除了一个行李箱，你所有的东西都是我买给你的。"

被宠坏得从未长大的巴布，除了向母亲发脾气之外，跟扮演大水喉的母亲，关系极其疏离。科内莉亚想了解儿子的近况，也只能透过儿子家的钟点工去打听。

一夜，巴布开着一辆大概也是母亲买的奥迪超速驾驶，在城外把一个过路的农家男孩撞飞二十六米外，当场死亡。科内莉亚利用警方高层的关系，在警察局内当着警察面前，叫儿子做假口供，拒不承认超速。警方还协助科内莉亚约见其中一个最关键的目击证人。证人很清楚事情的轻重,提出以十万欧罗换取修改证词。负责该案的警察当然也不省油,一边为科内莉亚提供额外服务,一边以试探口吻向其"要求协助解决私事"。

影片的措辞毫不激烈,但一个镜头、一句台词、一个动作,却让观众——尤其是中国观众——陷进无法退避三舍的沉思当中。这样的故事,我们太懂了,太易引起共鸣了。

《孩子的姿势》去年赢得了柏林影展最佳影片金熊奖,依我看,是奖项叨了影片的光。

岂止风流韵事

有些历史人物几乎就是原生的大好电影题材，不顺手牵来拍电影，简直有如暴殄天物。所以谁又会介意《皇室风流史》（*A Royal Affair*）（2012）源于历史史实的二手故事呢？更何况这段历史本身已富含戏剧元素，不下于任何具想象力的虚构。

一个疯疯癫癫的国王基斯蒂安七世（Christian Ⅶ），一个年轻貌美的王后卡露琳（Caroline Matilda，英国国王乔治三世的妹妹），一个英俊的宫廷医生施特林泽（F. Struensee），这三个人构成了一幅18世纪丹麦最为浪漫、凶险的历史图像。按照欧洲政治联姻的习惯，十五岁的卡露琳嫁给了显然患有某种不知名疾病的丹麦国王。皇宫庭院深深，不会说丹麦语的卡露琳犹感寂寞。不久，卡露琳与施特林泽秘密相恋并发生关系。另外，深得国王信赖的施特林泽，渐渐攀上权力的顶峰，成了丹麦王国真正的决策人。后来，在一场由国王继母及旧臣策动的武装政变中，施特林泽遭逮捕并被处死。

历史学家对施特林泽这个历史人物的评价似乎颇有分歧。文化史学者中也京子虽然对施特林泽与王后的不伦之恋语多同情，但对其施政却以独裁一词概括。丹麦历史学家 P. Lauring则认为施特林泽走近卡露琳的初始动机并不单纯，有借此攀附的意图。施特林泽在短暂的执政期间，仅仅十六个月就激进地推行了二千二百条新法。电影里便有廷臣形容施特林泽的主意比他换衣服还要快。Lauring 认为施特林泽"头脑清晰、敏捷"，却缺乏审时度势的能力，无法揣量其行动的后果。从施特林泽涉足禁止的爱情以及处理政务的手法来看，Lauring 的评说无疑切中要害。

《皇室风流史》对施特林泽和卡露琳的恋情着墨甚多，当中有一幕尤其充满无奈、悲伤、恐惧和邪念，让人难以释怀。卡露琳告诉施特林泽已怀有他的骨肉，因为国王已有一年多没有和她行房了。为了掩饰这件会杀头的事，施特林泽不仅要求痛苦的卡露琳和她讨厌的国王亲热，还怂恿国王去找卡露琳履行夫妻义务，"否则民众会觉得国王对自己的婚姻不负责任"。

毕竟，电影不是史书，无论对待历史人物还是历史事件，都容得下更多的个人偏好和选择。《皇室风流史》处理施特林泽的态度相当正面，而且评价颇高，认为他让"丹麦成了整个欧洲仰望的先进国家"。也许因为这个原因，影片对处死施特林泽的状况轻笔带过就算。而事实上，施特林泽的行刑过程非常恐怖：先断右手，再砍头，然后五马分尸。

请出示真爱

"他们竭尽全力模仿他们；他们学他们的样儿边演讲边打哈欠；他们懒洋洋地端出一点儿陈腐的政治经济学残羹剩饭，用它来款待自己的徒子徒孙。"——真不该想起狄更斯先生在《艰难时世》说的这段话。

事关政府拟推出租金管制，质疑者的章法不外是自由市场这道金甲壳。然而，即使在英国这个老字号资本主义国家，所谓自由市场也从不曾是理所当然的事。自由市场这则神话，放在其他地方大约还有一点"残羹剩饭"的说服力，然而要是拿来澳门作为神女供奉，则肯定失身。

澳门裙带资本主义盛行，除了可以让的士任意自由宰客之外，其余任何形式的市场，都不曾真正自由过。从声名显赫的利益团体，到星星之火从未燎原过的小组织，心中都会怀着一个希望得到（或一再得到）政府关照自己的梦想。当需要向政府争取着数（好处）时，试问有谁会捧出自由市场这道可笑的牌坊？

对不起，我又不该想起著名经济学家维纳（Jacob Viner）先生说过的话。维纳曾经毫不温柔地嘲笑过这种要则显灵不要则隐形的好用哲学：重商主义者天才地让神的法则与他们自己的观点相适应。他们用神的教导来使自己的行为合理化，当他们限制某些外国产品进口英国时，他们会说神把他们分配在这片土地，因此他们应该使用自己土地的物产；当他们试图支持某种贸易的时候，他们又会举出某项教义来支持自己的观点，对于他们不打算支持的贸易，他们就把这一项教义完全忘记。事实上，这个民族常常披上天意的外衣来说对自己有利的话，之后就变成了利用政府的政策来实现私人的利益。

如此渺茫的祸患

在推动赌场全面禁烟以及制定最低工资法的反对声中，十七世纪法国剧作家拉辛讲过的两句话忽然拥有特别的现实意义。他说："太多的顾虑不免引起过分的担心，我真不会预料到如此渺茫的祸患。"

反对者提出的关于赌场禁烟会导致赌场收入下降的预见，或许会应验，或许不过是一个"如此渺茫的祸患"。然而这个近乎诅咒的论说早就离题了。赌场全面禁烟的核心是员工的健康，而非赌场的收入会否下跌。任何赌场经营者或从赌场税收中"得益"的澳门人，都无权要求赌场员工牺牲个人健康与家庭幸福来维护赌收。在赌场实行全面禁烟的问题上，任何偏离员工健康福祉的讨论都是不合理的。

至于制定最低工资法的讨论，反对者的浪头还抛得吓人地巨大。世界上有很多发达甚至不发达的国家都已实行最低工资法多年，反对者曾经预言的那些渺茫的祸患（例如设立最低工资会令更多工人失业之类）却从未显灵过。

即使在提不出任何真凭实据来反对最低工资立法的情况下，一点也不妨碍反对者的好兴致，皆因反对派弹药库里还有两件秘密武器——悖谬论和无效论。他们会宣称最低工资立法不过是好心做坏事（悖谬论），对保障底层打工仔的收入毫无用处（无效论）。

美国德裔思想家赫希曼（A. O. Hirschman）写过一本书叫

《反动的修辞》。他总结出西方两百年来任何推动社会进步的议题（包括最低工资立法），都会遭遇保守派三类反动修辞的攻击，而好心做坏事的悖谬命题和毫无用处的无效命题正是其中两件最常用的神器。

幼童入学面试？别装了！

家长挨更抵夜、冒雨排队去领一张重于鸿毛的幼稚园入学申请表，也顺带让家中未满三岁的小孩体验人生第一回合的焦虑。有关方面不是一再出榜安民，澳门有足够的 K1 学位给所有幼儿入读吗？家长不是在自寻烦恼吗？

答案当然不是。家长身水身汗的目的很明确，希望儿女可以有一个跻进"心仪"学校的机会。说到底，"心仪"不过是个冠词，"名校"附设的幼稚园才是主语。以我个人以及作为家长的经验，"名校"并没有比其他学校办得更好，也不比其他学校拥有更多有爱心的好老师。然而，尽管如此，家长还拼命要将子女送入"名校"，不见得是非理性的选择。

满足家长虚荣自是不好说出口的原因之一，"名校"的教学资源充足固然是原因之二。而最最重要的是，"名校"出身的孩子，将来"出人头地"的可能性更高。原因并不在于"名校"有多大能耐，而在于其旗下持有更多有心有力栽培孩子成才的双高家长（文化水平高收入高）。"名校"的名声几乎可以说是依赖这类家长建立起来的。这便是为什么所谓"名校"都是中产学校、"贵族学校"而非草根学校的原因。

社会学家很早就发现这类双高家长与"名校"的亲缘关系。要进入"名校"，家庭出身成了关键。要求幼童接受入学面试，不过是学校——尤其是"名校"制造入学不平等的掩眼法。几分钟的面试，学校就能像睇相佬一样看出一个两三岁幼童的学习能力、专注力吗？这样的面试包含有多少合情合理的根据？

入学面试的真正企图，不过是为学校提供拣家长的机会而已。我很希望有教育界的人站出来指控我诽谤，好还"名校"、学校一个清白。

冷战下的《日瓦戈医生》

很遗憾，从来没碰过《日瓦戈医生》这部小说。日前因为读了《当图书成为武器》（北京大学出版社），于是才又翻看了一遍大卫·连导演的电影《日瓦戈医生》。《当图书成为武器》译自一本英文原名叫作 *The Zhivago Affair: The Kremlin，the CIA，and the Battle Over a Forbidden Book* 的书，即《日瓦戈事件：克里姆林宫、中情局和一本禁书的战争》。依我看，这本书比起电影来，无疑更有意思——尽管这样有点不伦不类，甚至不讲道理。

看罢《日瓦戈医生》，我依旧维持多年前的原判判词：一部值得一看的电影，一部很难称得上优秀的电影。值得一看，是因为它是一个时代的产物，很有代表性；不优秀，是因为它活像一出相当幼稚的政治宣传片。

一个大时代的爱情故事，往往非比寻常，更何况是复杂的婚外情？已婚的日瓦戈与已婚的拉拉堕入爱河，由于故事发生在十月革命前后，也由于影片拍摄于 20 世纪 60 年代东西方冷战的西方，于是导演干脆以非常概念化的方式来呈现任何一个在影片里出现的红军或革命者——独裁、残暴、愚蠢。结果就连演技出众的阿历坚尼斯都成了牺牲品，演来滑稽可笑。只有当镜头离开这些概念化的东西转而聚焦日瓦戈身上时，影片才算散发出一丝迷人的光彩，一点活人的生命体征。

同样讲婚外情，比《日瓦戈医生》还早二十年，大卫·连

就拍出了一部真正的杰作《相逢恨晚》(*Brief Encounter*)
(1945)。片中，大卫·连以无比细腻的笔触，将婚外情所牵
涉激情、浪漫、兴奋、希冀、绝望、罪疚、羞愧、悔恨等等，
刻画得淋漓尽致。

一本书的角力

《当图书成为武器》其实是一本传记，一本为小说《日瓦戈医生》作传的书。

小说《日瓦戈医生》成书于20世纪50年代，作者乃当时苏联著名的诗人帕斯捷尔纳克。对这部小说，帕斯捷尔纳克称之为"我的终极幸福与疯狂"，并且深信其为"自己毕生创作的巅峰"。由于官方把小说定性作"彻头彻尾的叛变"，那无异于判了该书死刑，根本不可能在苏联获得出版许可。于是，帕斯捷尔纳克将手稿交托意大利一个出版商出版。帕斯捷尔纳克非常清楚这样做可能带来的严重后果："在国外出版会让我陷于灾难性的境地，甚至有性命之虞。"事实上，帕斯捷尔纳克的一个旧邻居、作家皮利尼亚克，就因为在国外出版被视为有"反苏成分"的小说而遭枪决。

尽管克里姆林宫透过各种渠道和手段，意图阻挠《日瓦戈医生》在意大利出版，但最终该书还是在风风雨雨中面世。接下来便是苏联境内对《日瓦戈医生》以及作者铺天盖地的攻击与批判。这些攻击、批判在瑞典宣告将该年度的诺贝尔文学奖颁给帕斯捷尔纳克的时候达到顶峰。

美国中情局也没有闲着，暗地深度介入《日瓦戈医生》的出版事宜。中情局一面私下偷偷印刷《日瓦戈医生》（捏造虚构的出版商），一面利用各种机会，将小说免费送给出访外国的苏联人。

历史的荒谬远不止是将一本小说弄成政治角力的磨心。当赫鲁晓夫厌烦了国内对帕斯捷尔纳克的声讨与及全世界对此事的负面反应，他要求女婿读一遍《日瓦戈医生》，然后写报告给他。女婿在报告上称，其实只要删去三四百个字，该书就可以在苏联出版了。赫鲁晓夫看过女婿的报告后大怒，马上撤销苏尔科夫苏联作家联盟秘书的职务。多年后，赫鲁晓夫承认"我们本来不该禁止出版这本书"。

西方人不吃狗肉？

据说文明的西方人是不吃狗肉的，唯有野蛮、落后的东方人才会放进嘴里。这个定论是绝对不宜无限引申的，因为西方人当文明人的历史其实很短，才不过比一会儿稍长。

爱吃的法国作家大仲马谈到狗肉的美味时，不仅眉飞色舞，还抖出西方人不够高人一等的啖狗肉史："库克船长就是喝了炖狗肉汤才得以重病痊愈，死里逃生。希波克拉底说，希腊人吃狗肉，而罗马人只在最奢华的筵席上才上狗肉。普里尼对此予以证实。说烤小狗被他们视为珍品，用以祭神都毫不逊色。在罗马，在献给大祭师的盛宴上，在公众欢庆活动中，都离不了烤狗肉这道大菜。"

不管东方西方，能抓到手的都拿来吃，应该是古人、半古人的生活常态吧。研究过简·奥斯丁小说食谱的奥尔森（K. Olsen），说她在《华生一家》里提到的蒸禽肉（fowls a la braise）这道菜，是要用"牛胎膜——就是新生牛的那层包衣"来做的，其目的"就是为了把菜肴的各层合在　起"。

吃牛胎膜这玩意是怪不得简小姐的，就像我们不该取笑韩文豪、柳文豪享用豹胎一样。韩愈有《答柳柳州食虾蟆》诗，不仅言明两人会吃虾蟆，更暴露了叹过豹胎（豢豹）的口风："余初不下喉，近亦能稍稍。常惧染蛮夷，失平生好乐。而君复何为，甘食比豢豹。"柳宗元向兄弟韩愈推荐虾蟆肉，韩愈吃过之后大概也觉得美味，只是吃得相当惊心，担心会染上南方蛮夷之气，唯有控制一下自己贪吃的嘴。但柳兄弟无疑大胆多了，不仅爱吃虾蟆，更将之比作极品珍馐豹胎。

国穷"民"富，财主的好日子

不单是皮包骨的穷国，就连那些发达国家亦只能靠借债度日。西方媒体的主流解析格外启迪心智：皆因人民太懒、福利开支太多。

这是右派又一次成功制造的集体催眠——把国家债务问题牢牢圈定在政府的公共服务开支上，却闭口不谈政府税收减少的原因。以美国为例，两位最全心全意为富人谋幸福的总统里根和小布什，在其任上都推行为富人一再减税并削减公共服务开支的政策。结果，美国国债不减反增，从里根上任时的九千三百亿（美元，下同），大幅增加到其离任时的二万六千亿。之后，小布什更将里根的纪录翻足三四番。

两位极度厌恶福利开支的总统为国民留下了巨额债务，而被认为比较关切中下阶层福祉的总统克林顿，却在任内为国家送上财政盈余。德国学者施特雷克（W.Streeck）认为，国家负债产生的主要原因，"不是过高的支出，而是过低的收入"。

全球化也导致国家税收"过低"。足够聪明的财主和企业，利用全球化的巧妙运作隐藏利润、转移财富来逃税避税。在美国，有许多利润丰厚的大企业不仅因此而不必缴税，当中甚至有不少企业还能够荒唐地获得退税。

我们身边有许多备受尊崇的企业（无论中外，你马上说得出名字的企业几乎都有份），莫不很齐心地选择在安曼群岛之类避税天堂注册。就这样，企业、财主一面任意轻松赚钱，一面却毫不卑鄙地谢绝交税。

　　老老实实的蚁民交税比富人财主多，当然是荣幸。但不幸的是，收入过低的政府难免入不敷出，又岂能不依赖借债过日辰？

梦露遇上赫鲁晓夫

一个美丽、性感的名女人，该跟多少个男人的名字扯在一起才不算浪得虚名呢？货真价实的玛丽莲·梦露小姐当然不可能例外，其影响所及，就连十级台风也打不着的苏联领导人赫鲁晓夫也得沾点梦露的过云雨。

1959 年，赫鲁晓夫出访美国，好莱坞设盛宴招待，梦露也在受邀之列。起初，梦露并不太愿意出席。后来电影公司的人告诉她，在苏联，美国仅仅意味着可口可乐和玛丽莲·梦露，这才令她决定出席。公司上层还要求梦露穿最紧身、性感的衣服出席，梦露因此推测大概是因为"苏联没有太多性"的缘故。席上，赫鲁晓夫认出梦露，便主动走过去和她握手。梦露用临时学来的一句俄语向赫鲁晓夫说欢迎。赫鲁晓夫大力握着梦露的手，称赞她是个"十分可爱的年青女士"。据梦露后来回忆，"他看着我的眼神一如男人看女人般"。

虽然梦露与剧作家亚瑟·米勒的婚姻无法走到尽头（她抱怨"他总要让我觉得自己好蠢"），但她却可以与另一位大作家卡波蒂（Truman Capote）保持长久的友谊。上海译文出版社出版的一本《肖像与观察：卡波蒂随笔》，便以当年《时代》杂志刊登的一帧梦露与卡波蒂共舞的照片做封面。该书有篇文章叫作《美丽的孩子》，记叙两人一起出席科利尔（Constance Collier）丧礼当天所发生的故事，很是有趣。

科利尔是明星的演艺导师，"只收专业演员为徒"，旗下门生就包括嘉芙莲·协宾、慧云李（Vivien leigh，费雯·丽）、安德莉·夏萍（Audrey Hepburn，奥黛丽·赫本）。梦露本来还不够格拜在科利尔门下，只因卡波蒂的卖力推荐，科利尔才接受了这个她称之为"专门让我头疼的家伙"梦露。

康熙的于成龙

人民群众盛赞的电视剧，我一般都不敢冒昧附和。下下以数十小时开卖的电视连续剧，要追看，需要有不眠不休的体魄以及奉献时辰的气度。我两者皆缺，所以就连名震江湖的《纸牌屋》《唐顿庄园》也要忍痛放弃追逐，无力参拜。

不过，近日我还是追看了好几集央剧《于成龙》。我对于成龙几乎一无所知，只记得史景迁写的《康熙》《曹寅与康熙》，皆有片言只语提及这个人物。翻开《清史稿》，才知于成龙是个"天下廉吏第一"的官场模范生。倘若《清史稿》句句不假，那于成龙确实是自古至今蚁民难得有幸遇上的好官、能人。书中对于成龙的表扬毫不吝惜，"请宽徭役""建学宫""清革宿弊""遇疑狱，辄令讯鞫""判决明允，狱无淹滞""治事勤劳""好微行，察知民间疾苦""自奉简陋，日唯以粗粝蔬食自给"，及至"卒于官，民罢市聚哭、家绘像祀之"。

看罢"卒于官，民罢市聚哭"，真错疑自己在读神话而非史书。我们何曾见过这样的好官？今时今日，我们只会听到有领导官员下野，民间热销香槟的豪情盛况。是因为时代不同了？是蚁民对官员的要求越来越高？还是刁民越来越多？总有人会拿这些怀疑论来为庸官、贪官辩解。

可是，就连出身封建王朝的康熙也未必这样看。史景迁的《康熙》（这是一本奇书，一个正经八百的学者，以康熙作为第一人称写成的史学著作），曾两度提起于成龙。即使于成龙是康熙眼中的"良能大员"，亦遭到康熙不留情面的批评，指其"结党营私"，"最为强盛"。

不问代价的经济发展

赌收持续从疯狂的高位下跌，全体市民是否需要陪着一起呻吟？是否应该关怀一下那些赌业投资者今年可能更换不了新型号火箭上月球打白鸽转买月饼的痛苦？

对大多数澳门人而言，再多赌收不过是一连串从未口轻轻的庄严承诺：更高不可攀的楼市，更有上进心的物价，更热衷人撞人的街道，更多适合任何人士呼吸的新鲜废气，以及更多更不近人情的生活。

近年回澳与亲友茶聚，常常遭遇酒楼的限时赶客令。一餐茶只许在一个小时到一个半小时内匆匆完成任务，长话唔该留待 WhatsApp、WeChat 说，否则面斥不雅。我当然明白高贵的租金所带来的经营压力，也清楚知道搏大雾亦是做生意的正当手法之一，那我等蚁民为何要被迫选择这样的生活？这样过日子？除了一份工，再多的赌收并不会为澳门人带来更好的生活。

目光犀利的经济史学家波兰尼（Karl Polani），在其经典著作《巨变：当代政治与经济的起源》里，一再指出所谓自由市场、自律市场的虚幻，并强烈批评"将纯粹经济进步的本质视为理所当然""以社会秩序错乱为代价来达到进步"。历史上，为了保护社会，皇室甚至不惜阻缓经济进步的速度："英国经得起圈地运动的灾难而没有受到严重的伤害是因为都铎王室及早期斯图亚特王室运用皇室的权力阻缓经济进步的速度，直到进步的速度变成社会所能忍受的程度——使用中央政府的力量来救助这个变迁过程中的受害者，并且试图把变迁的过程引导到比较不具破坏性的方向。"

赌收下调，正是澳门人重新做回正常人的大好契机。

无从躲闪的人生价值

认识阿娄已超过二十年了。往日文艺青年行头，从未因时间而撤退而苍白。

很久以前，阿娄已很喜欢写作，我曾多次在《信报》上读到他的大作。在青春无敌的年头，阿娄还得过香港青年文学奖的文学评论奖。记得那时，阿娄还谦逊得不好意思上电台接受访问呢。

阿娄在香港一间知名的四字慈善机构任高职。过去七八年，阿娄每年都会私下呼亲唤友，组织义工团到内地穷乡僻壤做服务，我亦挨义气去过四五趟。

后来阿娄还成了我的亲戚，基于这双重关系，当他把准备出版的书稿电邮给我看时，我总得严肃对待，认认真真地多提意见，多踩几脚。

读阿娄的书稿，不期然想起活地亚伦（Woody Allen 伍迪·艾伦）在电影 *Annie Hall* 里讲过的一个笑话：Two elderly women are at a Catskill Mountain resort. One of them says: "The food at this place is terrible." The other one says: "Yeah, I Know, and such small portions."

没错，人生就好像笑话里所说的食物，再差劲，我们都会嫌短嫌少。或许我们可以把人生弄得美味一点可口一点——阿娄的书大抵就想告诉我们这个。

阿娄在书里不事迂回毫不客气，直截了当质疑当今属于大多数人的我们的生活和价值观。与此同时，阿娄不惜引经据典，附以自身力行的经历和追求，为读者展示、传授一种值得现代人思考和尝试的生活方式和生活态度。对此，大家无须忙于否定，亦不必急于附和阿娄在书里提出的种种言说。只要你因为书中的某一个段落或某个句子而有所得着，我想，这便是阿娄要写这本书的最大的理由，也是最好的收获。

阿娄的文字有点急，少了点舒缓，风火雷电般劈过来，让所有人无从躲闪，只好面对我们如何面对自己，或从未，或偶然，或常常发问而不知去向的人生价值。

在爱欲的欢愉中死去

　　六年前，我曾经参观过位于札幌中岛公园西侧的渡边淳一文学馆。该馆规模小，藏品少，可看的东西不多。倒是因为那建筑物出自著名建筑师安藤忠雄之手，才平添了一份额外的观赏价值。

　　听到渡边淳一过身的消息，第一时间想起的还是他在作品里那些巨细无遗的性爱描叙，下面一段引自曾拍成电影的小说《爱的流放地》（《爱之流刑地》）："菊治想将冬香的身体扳向自己，她却怎么也不答应，菊治在爱抚她背后时突发奇想。冬香不愿意的话，就这样从后面进攻也行。和冬香娇柔的后背相比，她的臀部十分丰满，好似两团雪白的山峰孤零零地浮在枕头之上。两个山峰之间隐藏着她秘密的私处。冬香也许正在期待菊治从后面进入自己的身体。菊治将手放在她丰满的双臀之间，冬香轻轻扭动了两下，并没有把身体避开。到现在为止，不停地被煽动起来的欲火，烧得她迫不及待了吧？菊治的东西徘徊在可爱的山谷之间寻找，然后一口气冲了进去，'啊……'冬香弓起身体。每当菊治被冬香的花心包容起来之后，总有一种终于回到自己故乡的感觉。"这类性爱文字，在渡边淳一的小说里可谓俯拾皆是。考虑到市面上有太多的正人君子，所以我才选了这个相对没那么露骨、刺激的案例。

　　渡边淳一的小说经常被拍成电影，我看过的就有《失落园》《爱的流放地》《泪壶》和《婚戒》。床戏也很自然成了这些电影必不可少的感官盛宴。或许是受制于电检条例，上面四部电影的性爱场面都没有达到原著那种无所顾忌的程度。

　　渡边淳一擅长书写禁忌的情欲，《失落园》《爱的流放地》与《婚戒》讲婚外情，《泪壶》写姐姐爱上妹妹的丈夫。渡边淳一笔下的人物常常在爱欲的欢愉中，流露出一种无视死亡的态度。渡边淳一在《爱的流放地》里就说："爱由死亡来完成、升华，乃至无限。"

多重犯禁的情欲

　　人世间许许多多的情欲规条，在渡边淳一的小说里，都消失得无影无踪。《失落园》里有段情节，可视作双重或者多重犯禁的标杆。按捺不住的久木，强烈要求凛子到酒店见面。那天，正是凛子父亲举行丧礼的日子。穿着丧服的凛子，在丈夫和母亲的眼皮底下，偷偷跑出来与久木相会。对久木而言，在守灵之夜把有夫之妇约出来："这种不道德的行为让久木产生了罪恶意识。但另一方面，也有些陶醉在这种悖德的行为之中。"

　　渡边淳一花上了超过十页纸来描述两人这次短暂的幽会。在放纵的情欲与罪恶感的拉扯之间，在"无法自控地堕入这淫荡的世界中"，从一开始就潜伏着死亡的隐喻。久木掀起了凛子的和服下摆，在丧服底下与凛子做爱，其犯禁的意味与死亡的暗示，强烈得无以复加。临别时，凛子对久木说"今晚做这种事，要遭天谴的"，仿佛就像为两人后来一起赴死，提前立下不可逆转的契约。

　　森田芳光导演的《失落园》，从电影的角度评核，是部佳作。若从原著的角度衡量，电影《失落园》无疑也是一个成功的改编。唯一的败笔或许是对上述情节的处理。森田芳光在电影里保留了原著这个重要的段落，却将丧服下做爱的细节，改为凛子（黑木瞳饰）替久木（役所广司饰）口交。这样的改动，不仅没有说服力，而且大大削减了原著所蕴含的犯禁意味和死亡暗示。

森田芳光拍过不少好电影，例如《家族游戏》《其后》《刑法第三十九条》《武士之家计部》等等。难怪渡边淳一也乐意在《失落园》里充当茄哩啡。戏里，凛子开书法展，渡边淳一身穿和服扮演参观者，在一个群戏的镜头里现身两秒。

可怜的雕刻家

懂得巴结、逢迎，总是一件格外有益身心的事。而且还因为超乎想象的实用，所以就算姿态不怎么雅观，我们都可以忽略不理。

南宋年间，有个巴结段数颇为高的能人，芳名程松。程松是高级公务员，官拜谏议大夫。程松很有上进心，想必是觉得自己有点大材小用的委屈，当了一年谏议大夫便坐不住了。想来想去，渴望高升的程松终于计上心头。送金银珠宝？这太土气了，配不上谏议大夫。送美女，才是高级官员的做派。于是程松买了个美女，取名松寿，然后献给当朝宰相韩侂胄。韩宰相问起美女名字的由来，程松很坦荡，毫无保留地真诚禀告："欲使疵贱姓名常蒙记忆尔。"努力的人，合该得到回报。不旋踵，程松便更上一层楼，荣升为同知枢密院事。

但是，单靠努力是远远不够的，还得时运帮一把才行。否则就有可能和那个年轻的雕刻家一样倒霉。

拿破仑时代，有个叫柯尔托的年轻雕刻家，受法兰西学院所托为拿破仑制作全身雕像，完成后会放进法兰西学院，让臣民崇拜。可是，还没等到雕像完成，拿破仑便已倒台。这时，柯尔托得连忙改而为路易十八制作雕像。谁料天意弄人，不久后，拿破仑复辟，重新掌权，柯尔托又再度为拿破仑造雕像。当以为玩笑开够了的时候，拿破仑的王朝仅仅维持了一百日便宣告倒台。这一回对谁都没有悬念，可怜巴巴的柯尔托又只好继续为当权者卖命，再度制作起路易十八的雕像来。

　　无论是主动巴结还是被动逢迎，柯尔托成就了史上一个很大的玩笑，供人们永恒消遣。

京都人的口气

春节回澳与朋友聚首，听得朋友家族经营的老牌食肆黄枝记早前庆祝六十大寿，我赶忙送上迟得过分的祝福。拜澳门野蛮级的经济增长所赐，老铺一家接一家坐享人间蒸发。

每次读与京都店命攸关的书籍，难免会遇上京都人诸如此类的口气：某某店仅有一百多年历史，又或者，某某铺才不过两百年历史。注意啊，人家用的可是"仅""才"这种要我们登时气绝身亡的字眼。

这可不是闹着玩的。在京都，没有三四百年以上遍历人间沧桑的资历，够不上最老老铺前五十名的座次。按京都老铺的排名榜，位列五十的老铺创业于 1643 年（那年明朝还未断气），是一家卖刀具的"金高刃物老铺"。

上回我去京都的宇治买茶叶，光顾过位于宇治桥桥头的一家叫"通圆"的老茶屋。这家老铺有多老？站好呀，别晕倒——人家创业于 1160 年，迄今足足八百五十七岁。这样惊人的高寿，在京都地区亦只能勉强跻身三甲。排在通圆前面的还有两家寿比天山童姥的千岁店"田中伊雅佛具店"和"一和"。

京都之所以能够让那么多老店长命百岁（百年老店多如牛毛）甚至千岁，一定有不少我不知道的条件和原因。然而身为澳门人，我们至少该清楚一件事：京都不可能拥有像澳门官员那样有文化的地方官员。我们那些有文化得不得了的官员，总爱向旧事旧物毛手毛脚、肆意动粗。对于蛮干有辱斯文的事，我们的官员似乎从未慌张、犹豫过。从早前的爱都到近期的荔枝碗船厂，又岂有不遭逢劫难之理呢？

满街上等人的澳门

澳门虽小，却绝不妨碍澳门人伸张比天高的志气。

譬喻，我是说譬喻，因为实际的情况恐怕要比我胡说的要有型得多。澳门人，只要凑足四只麻雀脚，就不会甘于让自己白白闲着寂寞着。一边杀个性起一边仍不忘要为社会做贡献。于是，一个"澳门世界特殊鸟类研究所"便极有可能在四圈脑激荡中严肃而隆重地诞生。随着紧接是自己册封自己的行动，戏肉才算真正展开。一般而言，论功行赏的方式看来总比较像真理，哪怕总有人不服气。论贡献，常败的输家自是非常讨喜地众望所归，荣膺研究所所长的重任。另外两位赢得不多输得不少的雀友，也顺利当上了副所长一职。至于比较乞人憎的、爱把别人的财富转移到自己名下的大赢家，仍可在不算特别热烈的掌声中获得指派为研究员。

难怪，澳门的社团数目比路上的汽车废气还要多。

自是一方上等人辈出的宝地，出门遇贵人乃澳门人最值得自豪的城市风光。哪怕你在最市井的地方饮杯奶茶，隔篱枱分分钟就堆了几件主席、会长、总理、总裁、理事长之类的社会中流砥柱。澳门人把名衔养得肥肥白白，自然显得特别有"衔"养而无须涵养。

澳门近年忽然暴发得不好意思不高谈文化来清刷一下我们满街赌场的原罪。于是我们又多了许多备受抬举的艺术家和文化人，塞满街头巷尾山头野岭。然而这种虚拟的抬举未免太过象征主义了一点。比如有艺术家搞画展，开幕剪彩，我敢保证，靠边站在两端梅香位、几乎够不上剪彩带而差点要剪自己手指的，一定是那位开画展的主人公。而从来老实得不必客气的、大刺刺站在中央的主家席位置的，则非那些名片涂满油墨的上等人莫属。

禁忌的话题

今时今日，我们的社会依然真道学得不得了，不要说在大庭广众谈性要掌嘴，甚至在床第之间讲性，两个赤裸的身体都会忽然变得口吃起来。

偶尔读古人书，也就无法不佩服那些旧世界的才子，何来勇气写出如此色胆包天的故事？蒲松龄写过不少人兽交的奇谈，其中的《伏狐》足以令许多正人君子登时倒地昏迷：有某某太史，为狐所迷惑，搞到瘦骨嶙峋。于是太史告假回乡，以为可以逃避，岂料狐依然死跟不放。一日，太史遇见一自称能收服狐的江湖郎中，便请教救命之道。郎中果然有计，教太史吃下劲度无比的春药后，即与狐上床大战。太史锐不可当，狐节节败退，却又无法脱身，唯有哀求太史停手，太史不听，"进益勇"。就这样，太史把狐活活地弄死在床上。

这个以性行刑的故事相当残忍，尤其是当我猜测狐是真心爱上太史的时候，便更难掩怜悯之情，为狐抱不平。

袁枚也写过一个欲借性事自杀的讽刺故事《人虾》：国初，有明朝遗老欲殉难，却又不肯死于刀绳水火，于是要以醇酒妇人自戕。多娶姬妾，终日荒淫。如是数年，始终死不去。

讲床上故事，《笑林广记》中的《换床》无疑有趣多了：一老翁欲偷媳妇，媳妇将此事向家婆举报。家婆教媳妇今晚不要回自己的房间，她自会处置。当夜，家婆就卧在媳妇床上，然后灭掉灯火。是夜，老翁果然偷偷爬上媳妇床来。老翁以为是媳妇，一番云雨"极欢"，大抵就是欲死欲仙的景况。事毕，老婆大声骂道："老杀才，今夜换得一张床，如何就这等高兴！"

性侵无所不在

这是一部长久隐匿在暗处的禁书，里面写着众多无字的社会禁忌。譬如，敬业乐业的八公八婆就会用奇异的闲话和眼尾，向那些遭性侵的受害人致意。所以想要在我们这款高度文明的社会中公开自己是性侵的受害人，首先得有海量的勇气。

香港知名女运动员公开自己十三四岁时遭教练性侵的事就呼吁："我不想你们为我而难过，我想你们为我的勇气而鼓掌。"的确，作为旁观者，我们只需要为她站出来的勇气鼓掌就够。至于是否报警，是否要将禽兽绳之以法，一切还是留待受害人自己决定，公众实在没必要越俎代庖，徒添受害者不必要的压力。

此起侵犯儿童的事件，恐怕不过是由来已久的冰山一角。我念初中时，曾拜在澳门当时一位知名的教练门下习泳，后来教练突然失踪了。江湖传闻他因性侵一名少女学员而畏罪潜逃。由于传闻言之凿凿，给我的震撼难以想象。之所以震撼还有一个原因，就是这个教练给我的印象甚佳。

利用孩子年少无知，利用孩子对自己的信任而耍流氓，是此类事件之所以发生的条件。所以对某类很容易赢得他人信任的职业，不能掉以轻心，例如老师、神职人员、医生。内地近年揭发多宗留守儿童遭性侵的事件，老师是一再榜上有名的加害人。而神职人员性侵儿童事件更是名满天下。早前，美国著名导演吉布内（A. Gibney）拍摄的纪录片《神之地的沉默》，便以神父性侵多名聋哑儿童之事为内容拍摄而成。至于某些特别喜欢关爱女性乳房的男医生，只要女生稍稍比较一下体检时，男、女医生花在检查乳房所费的时间差别，便不难知道哪只手是咸的，并且来自猪。

卖国？你站在哪？

日前，在都柏林和伦敦都遇上反以色列示威。伦敦海德公园的示威集会不仅颇有气势，而且还有犹太人声援。六个蓄着须发、身着传统犹太服饰的男子，无论站在哪儿都显得张扬。六个人携手提着一面巴勒斯坦的四色旗，在海德公园前一字排开，反对以色列近日在巴勒斯坦的暴行，注定招人视线得过分。

我其实还是有点感慨。不认同自己国家或者政府的错误行为，为"敌国"发声，为正义执言，算不算卖国？

不久前，我在东京寻访小林多喜二曾经坐牢的丰多摩监狱，也有雷同的反应。监狱位于中野区，当年的监狱只剩下一道表门，保存在现今的法务省矫正研修所内。我没法进去（据说预先申请可以入内参观），但从外面还是能望得见这个监狱的遗迹。

小林多喜二是日本知名作家，1933 年 2 月 20 日被警察逮捕，当天就在住地警察署遭警察虐打致死。为何警察要活活打死一个只有二十九岁、面无几两肉的书生？藏原惟一说，小林之所以被杀，是因为他是一名共产党人，是因为他反对那时已经由国家发动起来的战争。看来，在一些人的眼中，特别在警察的拳眼里，小林多喜二的行为无疑就很卖国。指小林卖国，我想，中国人一定不同意，日本人也不见得人人同意。至少，小林过往的著作依然能引起今日日本读者的共鸣。四五年前，日本出版界重新发行了小林多喜二的小说《蟹工船》，居然热卖超过一百万册。

　　卖不卖国，有时似乎得看你站立在哪个方位去说。

需要多少土地才够？

澳门人对自己这片土地的无限热爱与追求，其较真程度绝对不会输给 Pahom 先生。Pahom 为托尔斯泰笔下最令人难忘的人物之一，现身在一篇名为《一个人需要多少土地？》的小说里。

Pahom 先生认为自己唯一的麻烦，就是未能据有足够的土地。因为只要拥有足够多的土地，他就毋庸害怕魔鬼。基于此，Pahom 总想尽办法获得更多的土地。可是，在每次得到新增的土地之后，他还是不满足。一天，Pahom 遇见一个刚从远方归来的商人。他告诉 Pahom，在遥远的地方有一片广袤的草原，那里土地肥沃，水源丰富，只要花一点钱就能买下一大片土地。实在没有比这个更诱人的了，于是 Pahom 带着一个仆人前往那里一看究竟。果然一如商人所言，那里土地肥沃，民风淳朴，"想要多少土地都可以"，而且只有一个廉宜的统一价格——"一千卢布一天"。所谓"一千卢布一天"，就是说从日出开始，任何人无论走多远，只要能在日落前回到出发的地点，那么所有他走过的地方将属于他。事不宜迟，Pahom 决定第二天便出发。当夜，兴奋的 Pahom 根本难以入眠，不断盘算着明天自己能走多远，能得到多少土地。第二天，太阳一升，Pahom 便出发。不停地走，眼前似乎总有更好的土地在等着他。不经不觉，太阳早已西斜。Pahom 不得不尽快赶回去，可是又累又困的身体举步维艰。最终赶在太阳下山前最后一刻回到出发点时，Pahom 顿时气绝。仆人埋下了他的尸体，而"从头到脚跟，他需要的不过是六英尺"。

无疑，Pahom 之死有点冤。因为只要他懂得随意改变游戏规则、玩弄法律名词，又或者教导淳朴的当地人一点科普知识——太阳其实从来不会下山的——就不会落得如此下场。

一个街知巷闻的秘密

近日公开的一份美国国会的调查报告，不过再次证实了一个街知巷闻的秘密：小布什政府以酷刑对待任何被美国视为恐怖分子的人——当中还包括一些后来有幸得美国开恩释放的无辜者。

年前，英国广播公司（BBC）便针对这件地球一哥重返蛮荒时代的丑闻，拍摄了一出九十分钟的纪录片《反恐密战》（*The Secret War on Terror*）。影片访问了多位相关人士，显然，没有一个受访者比时任中情局局长的海登先生（Michael Hayden）更有大话相。当被问到有疑犯（后来证实无罪）遭审讯人员用刀割下体时，海登先生便忽然口吃到近乎语无伦次："我不相……有可能吗？我猜我会说有。我会相信有这种事吗？不。我有……遗憾的理由无法公开，但我很有理由相信不是真的。"记者："你何以如此肯定？"海登先生的答复是："哦……我只可以说到这里。"对于酷刑逼供，海登先生就像鬼拍后尾枕般大赞其神力功效："尽管有很大争议，事实却很管用。"记者要求海登能否举出些酷刑"管用"的例子来，比如从中得到一些什么重要的情报时，后者又再度口吃起来："我……我不能列给你看这些东西。"海登先生当然不能公开这个天大的秘密了。据美国国会的调查报告，中情局从未在惨无人道的严刑下得到过任何重要的情报。

《反恐密战》不仅提供了美国酷刑反恐的概貌，还让观众看到不少外人难以知晓的细节。例如美国联邦调查局（FBI）并没有加入到中情局酷刑逼供的行列。原来，当联邦调查局反恐部门的高层得知中情局会采用酷刑逼供时，便召回前线人员，拒绝参与其事。

另类恐怖分子

"9·11"背后究竟隐藏了多少秘密，也许全世界旁观者都需要更长的时间才有可能看清事件的全相。但有一点几乎可以肯定的是，当时的美国总统小布什先生，终于放下了辗转反侧的心头大石，等到了一个千载难逢的大好借口去发动战争。

从德州州长办公室到白宫，一直在小布什身边担任新闻秘书的麦奇里兰（S. McClellan），在卸任后写了一本书，叫作《发生什么——布什白宫与华盛顿欺骗文化的内情》。书中透露，在小布什政府的高层里，除了国务卿鲍威尔，没有一个人会质疑总统的错误决定和鲁莽行动。事实上，无论是合谋编造谎言入侵伊拉克，抑或以反恐名义折磨疑犯，总统的戏班大抵和小布什一样热心，尤其是国防部长拉姆斯菲尔德先生。BBC 的纪录片《反恐密战》里提到，拉姆斯菲尔德先生授权军队使用酷刑审讯时，似乎还担心那些远离视线的手下不够卖力，特意手写了一道暗藏杀机而他个人一定以为很幽默的附录："我一天要站八至十个小时，为何只让他们站四个小时？"结果，一名光着身子的囚犯，在寒冬里连续坐（国防部长大人可能又认为坐着太舒服了）上三周不许睡觉，一困了就遭淋冷水。难怪德国司法部长完全不顾地球一哥的感受和盟国的情谊，将小布什比作希特勒。

美国反恐无所不用其极，然而十多年下来，我们的世界却变得越来越不安全。首次接受媒体采访的英国军情五处前主管毕勒（M-Buller）女士对《反恐密战》表示，与其以暴易暴，倒不如与极端组织对话："我希望人们朝这方面努力，即使不知道结果会怎样。无论如何，与攻击你的人对话，总比以牙还牙强得多。"

大好的题材，失败的演绎

手握《追风战士》（*Windtalkers*，《风语者》）这样大好的题材，吴导演宇森先生本来完全可以拍成一部很动人的影片。问题就出在吴导演太过听从五角大楼的教诲，也太露痕迹地歌颂战场上美军的仁义和善良。于是我们看到一幕接一幕堪比美军宣传片的爱心大行动：有美军用身体保护日本儿童以免为日军的枪炮所伤而牺牲自己；见有日本儿童受伤，有美军（尼古拉斯·凯奇饰）一脸怜悯、痛苦地送上私伙止痛药。

吴导演镜头下的美军，简直像传教士——事实上，尼古拉斯·凯奇就在战事稍息时相当做作地画下了一座教堂。将美军的好人好事都收集到《追风战士》来，这还罢了，最致命的是吴导演依照了五角大楼指示，删除了当中几句非常重要的台词，严重挫伤了整个故事的价值和架构，以及围绕此而衍生的戏剧冲突。

二次大战，美军的密码一再遭日军破解。于是美军找来一批纳瓦荷族（Navajo）的印第安人当通信兵。纳瓦荷族人说一种非常独特且没有文字的语言，外人难以学习、掌握。由纳瓦荷语编造的密码，直到战事结束仍未为日军破译。《追风战士》便以这段真实的历史作为题材拍摄而成。戏里，尼古拉斯·凯奇等人奉命一对一保护这些纳瓦荷族通信兵。在原来的剧本里，上司还命令尼古拉斯·凯奇在必要时将通信兵杀掉，以避免他们落入日军手中。但五角大楼不喜欢这样的命令出现在电影里，要求删去。结果，这道命令，这几句台词就在电影里消失了。

这道命令，无论从任何角度衡量，都具有非凡的意义和价值。从大处看，是时代、国家这类庞然大物与个人命运的冲突；从小处看，保护者却同时可能是加害人，对生死与共的战友而言，是多么令人煎熬与痛苦的处境。

我无意深责寄人篱下的吴导演，只好说五角大楼太霸道。

拍电影，先请教五角大楼

按各式有眼有珠的阿盲毛私底下黑箱推举，大美帝国很轻易就赢得了世界最言论自由国家的名号。然而，想象和现实的落差，总是大得令人一脸错愕，却又不得不直面丑陋与荒谬的真相。

世界上恐怕没有哪一个国家比大美帝国更热爱电影的了。为了方便电影公司和电影人寻求协助，美国国防部很早就为此设立了一个"五角大楼电影联络办公室"，向电影界大开中门。想拍战争片，找它；想用廉价劳工——正牌美军当茄喱啡，找它；想借用美军高尖精杀人武器，找它。总之，万事有商量。

美国始终是民主国家，大撒金钱慷纳税人之慨支持电影制作，多少总得向国民做些见得人的交代。美国国防部对电影业的进贡几乎是无私的，对回报的要求不高也不苛刻唐突——只要电影制作人愿意美化国防部任何的军事行动、将美军描写为正义英勇之师，都会得到国防部的正面回应。那些能够主动满足五角大楼要求而不惜歪曲历史掩埋真相的电影人，都能轻易赢得当局的双重疼爱，鼎力支持。

五角大楼对审查电影剧本这类额外工作，做得非常认真、细致、到位。任何一句对美军不够友好的台词——哪怕仅仅是一句笑话，都会被要求删除。我们的吴大导演宇森先生在拍《追风战士》（*Windtalkers*）时，就很有入乡随俗的范儿，完全配合国防部对剧本的指点。例如剧本里原本有一幕，有美军从死去的日军口里拔下金牙私吞。即使真有其事，吴大导演还是按照国防部的意思，指示不甘让步的编剧删去这一幕。

拍电影振兴旅游

日本有不少地方团体及地方机关，常常出钱出力支援拍摄电影，借此来带动旅游业，振兴经济。自 2011 年海啸之后，日本东北第一大城市仙台的旅游业遭受重创。老牌导演神山征二郎拍摄的《直到那天到来》（2014）便属此类振兴电影。通常，这类电影都会在当地取景，并顺带把该处的风土名物嵌入电影的故事之中。

《直到那天到来》的故事没什么特别，甚至有点老土。然而在一切皆平淡之中，影片拍来仍不乏吸引力。神山征二郎举重若轻的讲故事技巧自然当记一功，而由两位很有观众缘的三浦友和、铃木京香（后者是仙台人，为家乡出力自是理所当然）出演男女主角，同样为影片增色不少。尤其是三浦友和扮演的正气医生，更是非常讨喜。当然少不了的还有松岛（日本著名景点，位于仙台附近）美丽的海上景色。

海啸的后遗症在电影里随处可见，但导演却很克制，在很容易催人落泪的地方亦完全无意贩卖煽情。神山征二郎一心一意在电影里呼唤正能量，以互助互爱来彼此抚慰劫后余生的伤痛。

看这出饱含温情暖心的灾后电影《直到那天到来》，很容易令人联想起小林政广的《濒临崩溃的女人们》（2012）。尽管两部影片的制作背景雷同（《濒临崩溃的女人们》属"东日本大震灾复兴支援电影"），但两者几乎没有一点共通之处。

与《直到那天到来》不同，《濒临崩溃的女人们》的三姐妹（全片只有三个人物）并未遭受海啸任何直接间接的伤害。三姐妹在海啸过后，不约而同地带着各自的伤痛和委屈，回到重灾区气仙诏市乡郊的老宅。由于老宅位于高处，海啸时才得以丝毫无损。

　　十五年前，母亲跟一个男人跑了，父亲去世，大姐、二姐相继离家，丢下仍在上高中的三妹独自生活。从此，三人彼此不闻不问。大姐在美国追寻跳舞的梦想，并不得意；二姐在东京结婚、生子、患病，遭丈夫抛弃；三妹过着"只要有人提供住食，就和那人睡觉"的日子，甚至试过"差点遭变态佬杀死"。

　　因为海啸，三人才得以重逢。也许海啸并不比骨肉亲情彼此冷漠、怨恨更可怕。影片最后一幕，三姐妹在面向大海的防波堤上达成某种程度的谅解，抱作一团痛哭。

　　看小林政广的电影，有时会嫌他运用镜头的手法过于冷静、客观，一副置身度外的态度，常让人觉得对戏里人物的遭遇缺乏同情心——即使实情未必如此。

历史窃贼

人类学家古迪（Jack Goody）曾经以"偷窃"一词，来批判欧洲中心论一面盗取其他文明，一面将其他文明置于脚下的做法。

英国广播公司（BBC）拍摄的纪录片《科学与伊斯兰》（*Science & Islam*），完全无意要像古迪那样向欧洲文明的惯性偏见和歧视叫阵。该片的态度温和，目的不过是希望安坐在家中沙发的观众，尝试用眼睛走近真相，了解一下历史上的伊斯兰科学的重大成就。

看这部纪录片的时候，想起德国导演施托泽（Philpp Stölzl）去年的影片《神医》（*Phisician*）。11世纪，伦敦的英国青年科尔，亲眼看见一名医生以伊斯兰医术为患者施行割除白内障，于是不惜千里跋涉，前往波斯，向神医阿维森纳（Avicenna）求艺。

《神医》关于切除白内障手术以及阿维森纳其人的描写，在《科学与伊斯兰》里都有相当详细的介绍。事实上，伊斯兰文明很早就掌握了割除白内障的手术，其原理和现代医术大同小异。至于阿维森纳所写的《医典》，对伊斯兰以至整个欧洲的医学，都产生过巨大和长久的影响，其影响力直到18、19世纪才慢慢衰落。一位研究伊斯兰医学的西方学者（Peter Pormann）甚至说："伊斯兰的医学史其实就是我们的医学史。"

除了医学，这出长达三个小时的纪录片，还介绍了古代伊斯兰文明在数学（一看代数 algebra 这个字便猜得到是来自阿拉伯语了）、天文学、物理学、化学（例如元素周期表）等方面所做的贡献。

　　对于伊斯兰的科技成就为何会被如此轻易地遗忘，《科学与伊斯兰》的解释是："当欧洲人将大片中东和亚洲土地变成其殖民地时，他们刻意宣扬一种观念，即他们所遭遇的文明都是落后的、垂死的。"

单边主义的爱情

翻阅毕飞宇的小说，又惊又喜得有点慌乱，连手脚都忘了不知该怎么放。这感觉大概数年才会遇上一次。就像对上一次读到印度作家阿迪加（A. Adiga）的小说《白虎》(*The White Tiger*)，迄今已经是有好几年时日的老慌乱。

《白虎》是一出无拘无束的生活喜剧，不仅有趣，还兼送意外——起首，主角白老虎听得温家宝到访印度的消息，便马上给温总写信作自我介绍。正好，毕飞宇写的也是无拘无束的生活喜剧，且仿佛更肆无忌惮，遣词用字刁钻调皮得誓死不让读者活。

毕飞宇真会玩，《家事》拿中学生的发情故事促狭："为了追她，乔韦的 GDP 已经从年级第九下滑到一百开外了，恐怖啊。面对这么一种惨烈而又悲壮的景象，小艾哪里还好意思对乔韦说'一点也不爱你'，说不出口了。买卖不成情义在吗。可是，态度却越加坚决，死死咬住了'不想在中学阶段恋爱'这句话不放。经历了一个火深水热的冬季，乔韦单边主义的爱情已经到了疯魔的边缘。"

《玉米》写一个叫王连方的村支书，"在外面弄女人的历史复杂而又漫长"。这说法有点虚，现实主义的描述应该是半条村的女人都给他睡了。有此等资历，王连方评论起女人来自是非一般识见。于是，毕飞宇这样写："她们要么太拿自己当回事，要么太忸怩。……王连方一共才睡了裕贵家的两回，裕贵家的忸怩了……光着屁股，捂着两只早就被人摸过的奶子，说：'支书，你都睡过了，你就省省，给我们家裕贵留一点吧。'王连方笑了。她的理论很怪。这是能省下来的吗？再说了，你那两只奶子有什么捂头？……喂过奶的奶子是狗奶子。她还把她的两只狗奶子当作金疙瘩，紧紧地捂在胳膊弯里。很不好。"

冬天可以吃冰淇淋吗？

前几天读到唐可璐君写的《闲话幼稚园面试》——好了，我不否认自己又趁机向我们伟大的教育事业滥派微言。该文从一个真实的幼稚园面试个案中，引述了两个考验三岁幼童聪明才智的问题，我都有尝试回答这些问题的良好意愿。碍于无法随意扩张的专栏地盘，我只好二取其一。

那是一道关于冰淇淋的问题，一问一答的情景大致如下。小考生认得出老师手上的图画，说"这是ice-cream，冰淇淋"。接下来老师拿出冬天和夏天两幅画，问小考生什么时候吃冰淇淋，这回小考生语塞了，而老师的答案是"夏天"。小脑袋却摇头，"我昨天在麦当劳吃过"。面试的时候正好是冬天。这时老师说，"嗯，那要小心肚子疼"。

从实际上讲也好从理论上讲也好，这根本是一道不可能有统一答案的问题。冬天吃雪糕这类平常事有谁不曾试过？又有几个人会在冬天吃过雪糕后肚痛？带着先入为主的答案来设计问题，不仅误导幼童，而且还可能会带来一个可怕的后果。

要让家中幼童成功闯关，家长会费尽心机揣测老师的问题，以便教导孩子给出老师会认定为"正确"的答案，却完全罔顾幼童真实的感受和单纯的直观，强行扭曲他们自我经验的世界。除了未进校门就训练小脑袋学习揣测"正确""标准"答案之余，更有见地的家长恐怕还会教导孩子如何去取悦面试的老师。

为了测试一下家中念中学的儿女是否够格考进澳门的幼稚园，我问他们什么时候吃冰淇淋？夏天抑或冬天？回答居然是"爱什么时候吃就吃"——真没家教的孩子。

他轻狂，我好想说喜欢

——走近王尔德

（一）

爱尔兰批评家伊格尔顿（T. Eagleton）以他一贯的口气说："我们时常需要提醒英格兰人，王尔德（O. Wilde）是一个爱尔兰人，王尔德也需要这样的提醒。"

王尔德的读者或许也需要这样的提醒。不过要真正走进王尔德的世界，我们大可先行撇甩这个提醒改而从下面这件事的一句话入手。1882 年，王尔德出访美国，在报海关时，他轻狂地自招道："除了我的天才，没有其他东西需要申报。"事实上，无论在作品里还是在生活上，王尔德都为读者留下了无数形形色色的金句警语，总能令任何人开怀一笑。随便翻开王尔德的剧本或小说——假若碰巧遇上的是《不可儿戏》（*The Importance of Being Earnest*）、《理想丈夫》（*An Ideal Husband*）、《少奶奶的扇子》（*Lady Windemere's Fan*）、《道连葛雷的画像》（*The Picture of Dorian Gray*），那就得小心看顾好自己的肚皮，免生人身意外。

王尔德妙语连珠，仿佛浑然天成，句句抵死绝核、话里有（反）话，而且往往罔顾尘俗，深度语不惊人死不休：

——恋爱总是以自欺开始，以骗人告终，这就是所谓浪漫。

——男人一旦爱上一个女人，就会为她做任何事，除了继续爱她。

——离婚的主要原因是什么？结婚。

——坏女人给我麻烦，好女人令我厌烦，这是她们的唯一分别。

——我喜欢观赏天才的容貌，聆听美人的言谈。

——只有肤浅的人才不以貌取人。

——当人没钱的时候，唯一的安慰就是挥霍。

——什么都不干，倒是最难干的事情。

——摆脱诱惑的唯一办法是向它屈服。

——他们嘲弄世上的一切法则，却倍感人言可畏。

对于自己的口水，王尔德似乎从来都不加设防，法国大作家普鲁斯特（M. Proust）自是深有体会。有次，普鲁斯特邀王尔德到家中做客。王尔德依时到访，普鲁斯特却未归，于是用人把王尔德引进偌大的客厅。王尔德一进客厅，便第一时间履行批评家的天职，大声道："你家真丑呀！"话刚落音，王尔德才发现普鲁斯特的双亲就坐在客厅的一个角落里。这时尴尬到死的王尔德，抱着一脸羞愧直奔厕所。等到普鲁斯特回到家里，王尔德还是躲在厕所不肯出来。最后，王尔德连饭也不吃便离开了。

（二）

第一回觉得和王尔德离得很近，是在巴黎拜访王尔德墓，那已是二十多年前的事了。直到去年，自己才有机会再续前缘，在都柏林、伦敦两地寻访王尔德昔日的踪迹——从王尔德童年时居住的家宅，到他坐过牢的监狱，都有幸得来无须费大功夫。

王尔德虽然并非出身贵族，但半条金匙倒是他一堕地便含在口中了。他的父亲是都柏林著名的耳科医生，母亲精通多国语言，翻译过小说和诗歌。王尔德的成长显然深受母亲的影响，除了文学除了语言之外，一定还包括那张嘴——王母娘娘是那种会在社交场合高谈"罪孽是生活的唯一价值"的新时代女性。

王尔德的悲剧不在于他是个同性恋者，而是在于他是一个19世纪的同性恋者。毫无疑问，是维多利亚会杀人的道德观将王尔德送入监狱。经历两年牢狱的煎熬，获释后的王尔德离开伦敦避居法国。昔日的风光早已消散，最后陪伴着王尔德走向死亡的就只剩下酒、债和潦倒，以及他人偶尔怜悯的目光。

那天，在伦敦 Trafalgar 广场附近的一条小街上找到王尔德的雕像时，有个流浪汉正在收拾搁在雕像上的细软，自然联想起王尔德在巴黎最后的日子。倒不是有什么感慨，只是觉得雕像底座刻着的王尔德名句有点讽刺而已："我们都活在阴沟里，唯有少数人依然仰望星空。"

我必须让你离开

日前，香港一名周身病痛的八十岁老翁，不忍因中风而长期卧床的妻子继续受苦，心力交瘁下，趁她在睡觉时将其勒毙，伴尸八小时后自首。

对香港这个富人天堂有意见吗？没有。因为在一个提出任何些微福利言说都会遭到权贵自由市场痛殴的社会，你还能说些什么好呢？趁早换个话题吧。

美国名作家菲力普·罗斯（Philip Roth）曾经说服自己八十六岁高龄的父亲立下嘱咐，不用在他弥留之际抢救。然而当这一刻到来的时候，医生询问罗斯是否要让他的父亲戴上氧气罩，他犹豫了：凭什么我可以决定父亲的生死呢？这是罗斯在最后一刻丢给自己一道早想好了答案的难题："我们的生命只有自己能够做主啊！"

无法忍受的痛苦，凡身上有孔的地方都插满管子，镇静剂止痛药排山倒海般进驻每寸肌体，只留下求死不能的模糊意识在灵魂里不知所措地游荡，想问一下，这就是生命吗？回过神来，想到父亲将可能要面对这些可怕的折磨之后，罗斯毅然站在父亲的身边，轻声地对他说："爸爸，我必须让你离开了。"

即使，你不必像香港那个八十岁的老人一样，由一个孤立无援的残躯，去照料另一个彷徨无助的残躯，那我们还是该想一下什么才算是完整的生命吧？老人的弟弟在接受访时不禁放声痛哭，并慨叹，"香港没有安乐死，倘若有的话，就不会发生这种事"。

　　安乐死，是让人可以有所选择，可以有尊严地放弃生不如死的生命。哲学家德沃金（R. Dworkin）说过，"能感觉到痛的生物具有避免痛的利益"。

教育改革之路

本地教育部门提出学生评核制度咨询，在还未弄清后事如何发展之前，我依然非常乐意送上至少一个楚楚动人的赞。要改变目前越演越烈的应试教育状况，引入多元的评核制度无疑非常关键。

无意再全副武装在此清算眼下惨不忍睹的教育现状，以便我可以腾出舌头来，先夸奖一下他山之石的改革尝试。"他山"的来头有点酷，叫作北大附中。七年前，北大附中业已迈出了令人目瞪口呆的第一步。光听记者对该校的描述，我已经有点把持不住，意欲封为暗恋对象了。"与传统高中相比，北大附中有着完全不同的一套游戏规则。"那里没有班级，没有固定的课室，取而代之的是各具风格的书院；强调学生自治；学生按个人兴趣自主选课（自然就不存在每个学生都一式一样的课程表），安排自习；老师开设专题选修课（例如诸子百家、张爱玲、性别与媒体、创意写作、批判性思维、福柯导读、时间简史、《菊与刀》研读），甚至学生也可以申请开课等等。所有这一切，都是为了改变学生被动听课的教学方式，转为鼓励学生自主探究，培养学生的批判性思维以及人文关怀。这些改变的背后，其实就是真正追求培养完整独立人格的教育理念。

然而，任何教育改革的尝试，最终还是无法回避高考，无法不面对以考试分数定成败的大学录取制度。现实是，北大附中的学生一到高三，还是得向高考俯首称臣，齐刷刷地回到传统课室来，重新埋首死记烂背应付高考的老路来。诚如内地教育专家熊丙奇所言："以高考制度为核心的单一评价体系若无法改变，中国的基础教育是无法真正关注学生个体和兴趣发展的。"

为何需要多元评核？

设想一下，若拿一份难度相当于中学毕业试题的各科考卷，随机发给一万个曾经完成中学课程以上的任何澳门人来作答，以阁下英明，猜猜会有多少人及格？百分之零点零一？百分之零点一？如果想玩大的玩刺激的，不妨拿这份考卷给大学老师来做，看看有多少人应声倒地？依我既有礼貌又有教养的盲目保守估计，绝大多数的大学老师照样会不及格。不信？试试。

请相信，我一点都没有嘲笑、作弄别人的意思。若然由我来应考，能拿到平均分十分（以一百分为满分）便算是超额完成任务的人间奇迹，随时会吓坏那帮从未见识过现代科举、叫作梯门祖先的家伙。——顺带一句，自离开大学之后几十年来，我还算得上是个每天依然例行阅读若干小时的无聊人士，而非那类一作别学校便跟书籍老死不相往来的高端精英。

这种情况到底说明了什么？说明当年为通过考试而死记硬背得来的所谓知识，从不曾与我们长相厮守。事实上，即使不计较它的副作用，用考试来衡量、裁定一个学生的知识水平，根本不称职。考试能证明的东西少之又少，而它无法评价的东西却非常之多。教育部门如今要研究引入多元评核，绝对是有意义的事。

我家老二上的中学，考试分数只占总体成绩三分之一到四分之一左右，余下来的则由做 project（当中大都由几个人一组合作去完成）、上课讨论和作业取代。做 project 和课堂讨论，不仅能让学生发挥创意，更能培养学生合作、沟通、表达等能力，而这些都比闭门造车应付考试有价值、有意思得多。

三文四语再啰唆

可能是因为一再啰唆三文四语这个意境高远的教育梦，身边一位超上档次的仁兄即不怀好意地在手机上留下"巴扎罗夫，grin"。

大哥，巴扎罗夫？谁呀？为免显低，我鼓足勇气拒绝追问，马上还他一个 grin，装作心照不宣。好在网上着实很有文化，经得起搜查考验。原来巴扎罗夫是屠格涅夫在小说《父与子》里生的骨肉。防人之心不可无，何况是高人？还是读一读《父与子》比较合算，有备无患。

全书翻到不足四分之一，真相便已昭然若揭。按当父亲的屠格涅夫描述，巴扎罗夫先生特爱否定，而且是片甲不留地否定一切。明白，总算在夸我。我一边尽情享受朋友糖衣炮弹激活的虚荣，一边暗自喊冤。

事实上，我个人对学习语文非常感兴趣。除了汉语，我还认认真真地修读过英、法语。就算现在一把年纪，我仍有多学一门日语的非分之想。个人支持学校增设葡语课程，只是反对一刀切要求所有学生必须修读葡语的做法。我们的教育之所以不人道，就是从来都不理会学生的志趣、能力和天性，强迫所有人接受一式一样的课程。当年我就读的和尚英文中学就很恐怖，高中时只设理科——谁说男生就该习数理化？我一直认为，如果当年不是把大好光阴浪费在数理化课堂上，我的中、英文水平肯定比现在好得多，不至于今天这样里外不是人。

除了因材施教，这里还有一个取舍问题。大家都清楚，汉贼不易两立。英文学校学生的英文水平一般都稍优于中文中学的学生，但这个略胜一筹的结果是以牺牲多学中文、学好中文为代价换回来的。要学校增设、加强葡语课程来普及葡语，是否也意味着同时需要降低目前学生已嫌低下的中、英文水平来获得呢？

我们的封建时代

有时不得不问，我们的世界几时现代过？

只要我不认同你的政治立场政治主张，即使警察无端端围殴、毒打你，我会觉得你活该，狂拍手掌；若然因此要将这些警察绳之以法，我就会认为是天无眼，理应把主事法官打入十八层地狱才算恶有恶报。

谁好意思够胆声称自己身处文明、现代社会？

差点儿忘了，我们其实还拥有原以为只属封建时代专利的宫廷骨肉相残。翻几页《史记》，司马迁先生便会如实相告："幽伯九年，弟苏杀幽伯代立，是为戴伯。……戴伯卒，子惠伯兕立。……惠伯卒，子石甫立，其弟杀之代立，是为缪公。……声公五年，平公弟通弑声公代立，是为隐公。隐公四年，声公弟露弑隐公代立，是为靖公。"

这些都是封建王朝的平常家事，大家不必介怀。不过倘若有人质疑我们的世界更接近原始社会而非封建时代，我也没有足够的理由去反驳这种不无依据的说法。事实上，封建时代从不乏亲情伦常之道。

同样在《史记》里，司马迁先生还讲过一个人宁愿自杀也不杀亲的非常封建故事。石奢为楚昭王的宰相，为人"坚直廉正，无所阿避"。有一回，石奢巡视各地，"道有杀人者，相追之，乃其父也"。于是石奢放走了父亲，回京自缚向昭王请罪："杀人者，臣之父也。夫以父立政（以惩治父亲来确立法纪政令），不孝也；废法纵罪（废弃法纪，纵放罪犯），非忠也。臣罪当死。"昭王意欲赦免其罪，但石奢仍坚称自己罪不可恕："不私其父，非孝也；不奉主法，非忠臣也。王赦其罪，上惠也；伏诛而死，臣职也。"最终，石奢"遂不受命，自刎而死"。

我们的老师叫天王

把补习老师供奉为天王，乃后后现代社会最体贴教育事业的一道名分馈赠，一点都没有过誉。我们有哪个伟大的正路教育工作者够胆妄想八千五百万酷毙的年薪？唯独补习天王可以。

古时的老师，顶多只敢向还未进化成怪兽的家长要几斤猪肉当学费填肚子而已。就算到了 20 世纪，当老师仍然是一份跟金钱不够知己的职业，例如当大学老师的沈从文还不值四毛钱。当年西南联大有个"目中无人"的刘老师文典，他开出的教授身价表便是最好的证明："陈寅恪是个货真价实的教授，他是值四百元薪水一个月，我值四十元一个月，朱自清值四元，沈从文四毛钱我都不给。"

老师不值钱很有道理，补习天王很值钱更有道理。我们学校的老师只会踩行油门叫学生测验考试，而补习天王却为苦难深重的学子提供真正有用的精灵教育：教授如何捉试题、如何取巧答题、如何拿高分的本领。总之天王所教的全是为应付考试的专业技能，这才是社会、家长、学生真正需要的教育服务，不是吗？

韩国人把下午放学后上补习学校称之为"影子教育"，这是个很有创意的说法，不过对象搞错了。因为补习学校才是正身，日间的正规学校不过是影子。比起韩国的学生来，澳门的学生还欠一点点努力。韩国学生每天日间放学后都会奔向补习学校，在那里认真汲取各种先进的应考技术，直至深夜才拖着疲乏的身心依依不舍地离开。由于这个原因，韩国学生大都睡眠不足。不过没关系，白天在课堂上可以睡个够，只要不打雷声的鼻鼾就行。

我们以为可以改变世界

准备写这篇短文时,第一时间上脑的是川本三郎的自传《我爱过的那个时代——当时,我们以为可以改变世界》。"那个时代",旧得不遥远,四五十年的光景,应该还不配在残忍的岁月前自动风化。

见到大卫·德泽(David Desser)的《日本新浪潮电影——感官物语》有中译本,忍不住买下,又胡乱翻了一遍,感觉比从前更好。离上次读这本英文原著叫作《情欲与虐杀》(*Eros Plus Massacre*)时,已隔二十年有多(这本书连同其他难兄难弟,遭我狠心地遗弃在澳门一个暗无天日的货仓里)。

原著借吉田喜重的同名电影做书名,封面也是该片的剧照。中译本则比较直截了当,封面借用大岛渚的《东京战争战后秘史》里的剧照,与原著同样切题。这本写日本电影新浪潮的专著之所以重要,是因为德泽将 20 世纪 60 年代的日本电影新浪潮,置于历史之中。德泽说:"这本书的意识形态意旨,是试图将历史的特性带入日本新浪潮电影,并在更宽泛的历史、政治、社会以及文化研究的范畴里,对它进行定位。"这本书做到了,而且还做得很好。

任何忽略那个时代的大气候,都难以真正深入理解日本新浪潮电影的特殊价值和意义,因为"总体而言,这些电影具有明显的政治立场或者特定的议题,采用了一种相对于此前的日本标准而言蓄意地分裂的形式"。

在 20 世纪 60 年代的日本新浪潮电影里，我们看到了那个时代最明显的标记——青春。当然，还有性、暴力、政治，以及早已遗忘了几十年的理想。那个年代之所以与众不同，之所以可爱，之所以值得缅怀和落泪，全因为当阵青春过的早晨，会相信"我们可以改变世界"。

君子有耻

文化人讲钱，一向扭捏。有人羞于启齿，有人装模作样投奔假清高。

所以除非是那些极度恶俗的市侩文化人，大家明码实价讲钱其实不坏。

维新大佬康有为，妻妾成群，晚年靠卖字为生，经常在报刊上登卖字广告，"楹联四尺者二十元加一尺二元，小中堂三尺内十二元，小条幅三尺内十二元"，明买明卖，童叟无欺。

齐白石卖画，不仅高举"润格"示人，且更声明货真价实，止绝减价："卖画不论交情，君子有耻，请照润格出钱。"

好个"君子有耻"，谁敢讨价还价？

卖书画有价讲，古人也有先行者，唯是一样罕见。

《太平广记》写裴度欲请白居易为福先寺撰碑，皇甫湜闻之大怒，毛遂自荐抢白居易生意："近舍某而远征白，信获戾于门下矣！某文若方白之作，所谓宝琴瑶瑟而此之桑间濮上也。"经皇甫湜自吹擂，裴度于是改变初衷，转而帮衬皇甫湜。皇甫湜果非省油的灯，文成约三千字，一字索三匹绢，"更减五分钱不得"。

裴度事后有否呻笨，不得而知，但见他"依数酬之"，显然是齐白石眼中的君子。

管他冬夏与春秋

过去一周，忽然有一种疲累，不想再看不想再听香港的新闻了。对各方面的表现是失望？是痛心？是无奈？都无所谓。鲁先生阿迅哥早就教过适时自处的口诀："躲进小楼成一统，管他冬夏与春秋。"

夜读陈先生平原的一篇十五年前的旧文《五月四日那一天》，看到一九一九年五月五日《晨报》记者所写的一段文字，放在《山东问题中之学生界行动》的报道里："综观以上消息，学生举动诚不免有过激之处，但此事动机出于外交问题，与寻常骚扰不同。群众集合往往有逸轨之事，此在东西各国数见不鲜。政府宜有特别眼光，为平情近理之处置，一面努力外交，巩固国权，谋根本上之解决，则原因既去，必不至再生问题矣。"

对《晨报》的此番说法，陈平原接而论道："不幸的是，此后的事实证明，记者以及无数平民百姓的善良愿望彻底落空。政府未尝'谋根本上之解决'，学生举动也就'不免有过激之处'。需要有一种'特别眼光'，'平情近理'地看待'五四'那天的示威游行以及此后的无数学潮，《晨报》记者的呼吁，八十年后依然有效。"

九十五年前的五月四日，学生痛打章宗祥火烧赵家楼，无论从任何角度看，都是"过激"非常的违法行为，然而历史却从不曾简单地以"非法"视之。

差点又忘了阿迅哥的口诀。还是王先生统照和冰女士阿心姐够道行，回忆起"五四"来，依然会记起当日的花香树影。王统照说："天安门前，正阳门里大道两旁的槐柳，被一阵阵和风吹过摇曳动荡，而从西面中山公园的红墙里飘散出来的各种花卉的芬芳，如在人稀风小的时候，也还可以闻到。"阿心姐呢？则因为花而不适："那天窗外刮着大风，槐花的浓香熏得头痛。"

跟着文字饶舌

中华料理

原则上，上饭馆不宜讲原则，哪儿好吃往那儿投奔就是。不过，我还是讲究一点民族小义。去日本，原则上我不会光顾那里的中国料理店，哪怕是陈建一先生经营的赤坂四川饭店在日本料理界如何声名显赫，也从未有过以身试饭的念头。这算不上有什么大道理可言，只是觉得去日本吃中国菜有点奇形怪状。

日本作家中，谷崎润一郎、开高健倒是中国料理最坚定的捧场客。谷崎写过一篇《中国饮食》的随笔，表白其由来已久的喜好："我从很小时候就喜欢中国菜。之所以如此，也是因为东京有名的中国饭馆偕乐园的主人从小就和我是同学，经常带我去他家玩，在他家吃饭之故。为此，我对中国菜的美味十分了解。我对日本料理的味道的体会倒是在这之后，同西餐比较起来，中国饮食远远超出，是真正的美味佳肴。"

既然如此喜欢中国菜，难免也要在小说里露两手。谷崎的鸿篇巨制《细雪》，多番提及中国饭馆，甚至连相亲（书中的四姐妹出身于难船尚有不止三分钉的大阪没落富贵之家）这样重要的场合，作者亦安排小说里的人物光顾神户一家由中国人经营的中华料理北京楼。即使非常捧场，谷崎仍不忘为中国饭馆添加一笔令人尴尬的观察。《细雪》借一名在上海长大的苏俄女子之口说道："越是污垢的中华料理，才够味呢！"小说写于 20 世纪 40 年代，中国饭馆卫生情况不佳恐怕是实情。类似的观感，仍可在 80 年代另一位文坛老饕远藤周作的文章里得到印证。远藤在《饺子的滋味》讲及他帮衬过的一家位于东京涩谷的中国饭馆峰峰："尽管峰峰不是很干净，但风味却绝佳。"

开高健爱吃中国菜的程度，看来并不在谷崎润一郎之下。开高健有张摄于中国饭馆（钻石海鲜酒家）的照片，上面是个满脸得意表情的大叔在展读菜单。开高健上过许多中国馆子，想必还爱呼朋唤友，远藤周作便在日记里记了一笔："中午过后，满怀期待地出门，准备前往横滨的南京町。说是满怀期待，是因为今天开高健要宴客，请几位朋友品尝中国堪称稀有奇珍的素菜。"

也不是从未试过放弃原则。多年来，去日本破例吃中国料理的次数不下三回，相继是东京的汉阳楼和维新号、大阪的蓬莱等。光顾这三家店的动机其实都是因为好奇。昔日上汉阳楼、维新号饱餐的好汉包括鲁迅、周作人、孙中山、周恩来等人，所以去。至于蓬莱，则是某天路过，忽然瞥见店前的食物模型有天津饭，很是吸引，想起蔡澜先生把这个伪中国饭弹翻天，便进去一尝究竟。汉阳楼的宁波菜、维新号的上海菜和蓬莱的天津饭都过得去，要求不高的话，七十来分不难出手。

咖喱饭

据调查，咖喱饭是日本人至爱的五大食物之一。而新宿中村屋的咖喱饭凭着百多年的资历和人气，守着俨如一哥的江湖地位。开高健也是中村屋咖喱的知音，赞美的说话自是不会吝啬。我每趟去东京，总会到中村屋返寻味，吃上一份咖喱鸡饭才心息。之后，会以惯常饱食终日无所事事的优雅步姿，荡到对面的纪伊国屋书店买书去。

读过好些有关中村屋的文字，我决定引用新井一二三的介绍。理由简单不过，她用中文写作，跟我们有亲。新井说："新宿东口，纪伊国屋书店斜对面，有家面包店叫中村屋。一楼卖面包和西点，地下室咖啡厅，二楼到五楼都设餐馆。我曾在海外漂流的日子里，每次回到东京来和朋友见面，地点一定在中村屋。因为其他店会新开张、迁址、关门，只有老字号中村屋很可靠，始终在同一地点十年如一日地营业着。"但其实过去四五年，中村屋也曾两度搬家。一次暂时迁到离原址稍远的后街上，之后又再搬回到距原址仅数间铺位之遥的现址。

新井的文章提到，创办人相马爱藏、黑光与文艺界"广泛交际"，遂使中村屋享有"文化沙龙"之名。俄国失明诗人爱罗先珂、印度独立运动家波斯亦曾为中村屋主人的上宾。国际文化交流的结果是，前者教黑光做罗宋汤，后者传授黑光印度咖喱秘籍之余，也顺手牵人，娶走了中村屋的千金。

一般食肆，大都像中村屋那样，咖喱和咖喱饭分盛上桌，或至少在一个盘子里分清楚河汉界，互不侵犯。相对之下，自由轩的咖喱饭就显得与众不同了。位于大阪千日前的自由轩，它的咖喱饭是将洋葱和牛肉绞碎，再加入咖喱和饭通通一起搅拌，最后放上生鸡蛋而成。大阪文学巨匠织田作之助在小说《夫妇善哉》里对咖喱饭的评语，大半个世纪以来都在为自由轩拉客："因为两三天都没怎么吃饭，她突然感到肚子饿了，就在乐天地旁边的自由轩吃了碗加鸡蛋的咖喱饭。'自由轩的咖、咖、咖喱饭，在米饭上盖着鳗鱼，很好吃。'她想起柳吉以前说过的话，又在咖喱之后喝了杯咖啡，胸中突然涌出一股甜丝丝的味道。"长年为村上春树的文章配插图的画家安西水丸，也加盟织田的啦啦队，他在《常常旅行》里写道："大阪的咖喱饭一向有名，特别是织田作之助在《夫妇善哉》这部小说中提到的老店自由轩更是拔尖。"

自由轩是家只有几张桌子的小店，气氛和格调都很人民群众，价格亦相当怀旧（六七百日元即可解馋），不同于中村屋走的小资路线。论长幼，中村屋和自由轩都是明治年间的同代人。中村屋生于1901年，比自由轩略长九岁。论食物，各有所长，我自己则更喜欢中村屋的咖喱味道。这样说，不知谷崎润一郎会不会同意。他在《关东关西味觉比较》里有"关西居上关东居下"的论断，认为"从京都越往东在餐饮上就越差劲"。不过他同时补充，"关西比东京差的是西洋餐厅和中国饭馆"。在日本，中村屋和自由轩属"洋食"，即日式西餐厅，与烹调地道法国菜之类的"西洋料理"并不一样。不过，谷崎指的"西洋餐厅"大抵也包括"洋食"在内吧？

炸猪排与天妇罗

先听听很可能是日本文坛最有名的食家池波正太郎怎么说："从少年时期就熟悉的饮食店，直到现在我仍然经常光顾的有资生堂、天国，另外就是西餐厅炼瓦亭。这家店可以说是日本西餐的先驱，一大块炸肉排几乎比盘子还大，十六七岁的我，一口气可以吃上三人份。不过现在可能连一份也吃不完吧！现在的我，只需要两小块猪肉排并列的一客'上等炸肉排'，就可以满足了。只要登上炼瓦亭的楼梯，就可以闻到二楼阵阵飘来的香味，没有错！这个味道正是昭和初期西餐厅的独特风味。如今，拥有这种独特味道的西餐厅，除了炼瓦亭，我别无所知。它是银座老店中的老店……炼瓦亭的招牌菜，不用问就是炸肉排吧！但我还喜欢它的牛肉饭。"

我去炼瓦亭时，还是下不了决心点它的招牌菜。油炸的食物向来非我所好，对太大块的炸猪排尤为抗拒。最终仅尝过它的牛肉饭和蛋包饭，不能不说遗憾。

之后读到须藤靖贵写的一篇访问炼瓦亭大厨荒井重忠的文章，遗憾更是倍增。当访问者以"讲到柔软还有什么比荒井先生做的炸肉排更软更好的呢"作为问题向大厨讨教时，"举止态度谦和有礼"的荒井解释说："进货的时候选品质好的肉，肉块上的筋要慢慢切掉，不能急，然后依照部位，分割切片，准备工作需要耐性和时间。"须藤的文章，还间接讲出一个道理：要挑好食材，就不能照顾面子。尽管为炼瓦亭供货的几家肉商，每家至少都有三四十年的合作史，但荒井"检查进货的肉块非常严格，稍微不满意当场就退货"。单凭这种专业的工作态度，炼瓦亭的炸猪排又怎会不好吃？

池波正太郎对日本厨师的评价很高，断言厨师身上有剑客之气。纵然大家对此说或有怀疑，也不敢怀疑到池波的头上。池波的小说擅写剑客、杀手，笔下的厨子很自然就沾上剑客之气。池波记述过现实里京都万龟楼一名厨师处理鲤鱼的刀功，简直一如写武侠小说："包厢里，一个巨大的砧板架设置在金色屏风前，上头铺着白纸并摆置着长料理刀和鱼料理用的长筷，盘踞正中央的是一尾已经简单处理过的鲤鱼。等了一会儿后，当家主人小西重义先生穿着狩衣、头戴乌帽、一脸凛然地出现了。而他同时也是生间流的第二十九代传人——生间正保……'小锦'（因貌似大明星中村锦之助，被池波戏称作'小锦'）从容地拿起长料理刀和长筷，摆出生间流的古老刀法阵式开始分解鲤鱼，并将切好的鱼肉排列在形似夫妇岩的大砧板上。'小锦'那双手优雅流畅的动作、精锐的双眼与那充满气

势的身体力度，每一个动作都深具内涵，感觉像是看一场舞蹈。"（《京都街坊料理》）

在池波眼里，炼瓦亭的荒井先生肯定也有剑客之气吧？

不过遗憾归遗憾，即使再去一趟炼瓦亭，我也未必会点一客招牌菜，除非店家可以提供一片只有拇指般大小的炸猪排。

对炸物兴趣不大，所以绝少光顾天妇罗店，印象中大概只有一次。有回入住御茶之水的山之上酒店，意欲进一步体味昭和风情，便走进酒店内一家蛮有二十世纪六七十年代余韵的天妇罗店。店内食物不俗，价钱却一点都不谦虚，一人份的天妇罗套餐就索价一万多日元。

山之上酒店是东京有名的文学圣地。从前的出版社（附近有许多出版社），爱把作家关在这家酒店里逼做作业，三岛由纪夫、远藤周作便曾是那儿的常客。据新井一二三说，成名前的推理小说家森村诚一，曾在山之上酒店当接待员，相信当中也有朝圣的因素吧。

失去的味道仍在文字里

　　穆欣欣编了本好书:《文字里的古早味——澳门作家的味蕾》。书中收罗了三十位澳门作家的舌头,让他们在公众面前集体表演失态,尽露狰狞的馋相,无疑是此书最大的文化贡献之一。文字和饮食息息相关,借用董桥最为坦荡直接的说法:"文字是肉做的。"

　　文字既然是肉做的,当然包括虱目鱼、鸡包翅、禾虫、鸭脚包、虾片、咸肉粽、牛腩面、虾酱、鲮鱼球、马介休、煲仔饭、蛋包饭、鸡肉牛角包、葡国鸡、羊腩煲、沙丹猪扒饭。文字还不只是肉做的,所以菠萝蜜、蜜麻托、椰子盅、梳吧、咸煎饼、米粉、窝窝头、鸳鸯、泡饭等,也理应包括其中。

　　《文字的古早味——澳门作家的味蕾》有故事,有作家与饮食痴缠的今生前世,有我们口水滂沱的童年为食记忆。最近澳门获联合国教科文组织册封为"美食之都",我一脸尴尬地忙着赔笑。没错,澳门拥有越来越多的贵不可攀的美食,而庶民美食却遭遇买少见少的人间惨况。水月在《美味的工人球场》里提到当年工人球场周边的小食摊,叫我想起当中的一家卖牛杂面的地摊大排档。这家位于原工人球场与商业学校之间(正对球场侧门出口)的牛杂面档,卖相孤高,不同俗品——牛杂面是放在炭炉上一并上桌的。如此认真地对待食物的大排档,又怎会有不好吃的道理呢?如此有型的卖相,又岂能不教人心花怒放呢?

除了周边，工人球场的小食堂有我中学时最爱吃的咖喱排骨饭和麦皮。如今所有消失的味道都只能留在记忆里、留在文字里，闲事反刍一下，以托思念。

一个中学校长的故事

近日在道金斯（Richard Dawkins）的书里读到一篇文章，当中引述了一个中学生三更半夜与校长遭遇的小故事。

可能有读者并不知道道金斯是何方贵人，就让我先稍稍包装一下他的头衔（纯为震慑那些和我一样冒牌的假专家），然后再讲故事。道金斯的名片，有点难以尽录：生物学家、科普书作家（几乎总是一纸风行）、牛津大学教授、英国皇家科学院院士、国际著名的公共知识分子。

道金斯所讲的故事发生在他的中学母校昂德尔（Oundle School）。一名热衷自己搞研究的学生，半夜两点偷偷溜出宿舍，潜入图书馆读书。真是三生有幸，这名学生给校长桑德森（F. W. Sanderson）逮个正着。一阵"咆哮"之后，校长问："这个时候了，我的孩子，你在读什么？"学生说他正研究冶金学工艺流程的发展，因为白天没时间做，所以晚上来。校长一边翻看学生的笔记，一边和学生探讨发现和发现的价值、对知识的不断探索，以及在这个探究过程中学校所扮演的角色。学生后来回忆道："在那个宁静的夜晚，在那个房间，他跟我谈了快一个小时。那是我人生当中最美妙、最有决定性的时光之一。"最后校长对学生说："去睡觉吧，我的孩子。我们必须在白天为你安排做这件事。"

道金斯说，这个故事几乎让他落泪。道金斯极力推崇桑德森在母校实践的教育理念，"如何发现，如何思考"，这才是

"教育的真实意义"，"和当今疯狂的评估考试文化全然不同"。道金斯认为，如果桑德森泉下有知，定会为当下的教育深感"震惊"：考试让人窒息，政府却沉迷于以成绩表现来衡量学校。现在的年轻人得经过非教育的磨难，才上得了大学。

不一样的学校

没有桑德森的昂德尔公学，依然留下了这位伟大校长长久而深远的影响。道金斯还讲了继任校长一个小故事。有天，校长正主持员工会议，突然响起一阵胆怯的敲门声，一个小男孩走进来说："先生，请去看看好吗？靠近河边的地方有群黑鸥。"这时，校长果断地请在座的员工稍等一下，然后拿起望远镜，和这个学生一同骑车离开会议室。

显然，校长非常重视学生的发现和观察，并将学生的利益放于首位。道金斯认为，"这才是教育"。而当下极其关注学校排名、学生排名的教育体制，"驱使学校将自身利益放在学生利益前面"。对此，道金斯毫不留情地送上恶言："让排名表的数据、充斥着现实的教育大纲、无穷的考试见鬼去吧！"

桑德森校长"鄙视考试"，"从不会因为垂涎排名表的花环，纵容高分的孩子"。桑德森会把最多的心力放在普通孩子身上，从不承认"笨"这个字："如果学生笨，是因为他被强迫去往错误的方向。"桑德斯会"不断地尝试找到每个孩子的兴趣点"，并且能够"完全记住他们每一个人的能力和个性"。"我从不愿让一个孩子失望"，桑德森说到做到。

桑德森校长讨厌上锁的门，因为这样做，可能会"隔开了学生和某些有意义的热情"，而他总是"殷切期望可以给学生自由，去实现他们的抱负"。

昂德尔确实很不一样。就在道金斯写这篇文章的时候，就先后有十几个学生驾着自己设计制造的汽车离开学校。当精于考试的亚洲人像吃般兴奋、为 PISA 考试分数远远领先发达国家而洋洋得意的时候，请问一声，我们的教育能培养出像昂德尔那样的学生来吗？

望厦的满汉全席

1844年六七月间的澳门，想必和从前以及之后的夏天一样闷热，却难得有两个贵人选择在这样的日子来此间聚首：一个是两广总督耆英老爷，一个是美利坚合众国全权大使顾盛先生。两人都是为了一个差不多完全相同的心愿而来，前者准备无私地奉献自己来满足他人的帝国梦，后者则决心大方地牺牲他人来满足自己的美国梦。既然彼此志趣相投目标一致，合作起来自然充满默契，三扒两拨就签下了中美《望厦条约》。

耆英老爷与顾盛先生唯一不咬弦——甚至彼此鄙视、厌恶的地方，仅仅在宴会上。在抵达澳门之后，耆英一行接受美方的宴请，前往拜会顾盛。首先，耆英老爷既客气又关怀地问起所有美方人员的年龄，成功地令对手尴尬不已。席间，耆英及其随员大抵对那些蛮夷食物不感兴趣，"几乎一点食物也没沾"，但却不停地用自己的筷子夹菜给在座的美国人吃，以示中式好客之道。而顾盛等人不得不一边吃下对方夹来的菜时，一边又要尽力掩饰内心的厌恶。出于"报复"，美国人亦礼尚往来，拚命地向客人的嘴里塞食物。

对于这次宴会，耆英老爷在给道光皇帝的奏折中解释道，自己不得已前往赴会，只为博取蛮夷的信任。

七月三日，中美两方就在普济禅院签订《望厦条约》之后，耆英老爷就在那里设"茶果"宴请顾盛等人。所谓"茶果"不过是秉承中国文化特有的谦逊，实际上是野蛮人从未见识过的满汉全席。据说，这帮迄今还是只会吃汉堡包的美国人祖辈，回到澳门城后，马上"发出麦克白般的尖叫"，说自己刚刚"吃的全是一堆恶心恐怖的东西"。

在浴室亲近柯比意

读田中泓写柯比意（Le Corbusier，勒·柯布西耶），才知道香港正在举办这位建筑大师的回顾展。若容我来选20世纪建筑祭酒，除了柯比意，还是柯比意。

对于傍名牌这种事，我一向很有心得。二十几年前，有段时间我在巴黎无所事事，尽情享受一穷二白，还将李锐奋租住的一个阁楼据为己用。对于自己鹊巢鸠占的亲善行为，我颇感满意之余，也大方地向户主表达遗憾：无浴室始终差啲。其间，有一天跑到朋友在巴黎南面的大学城做客，才发现朋友居然住在柯比意设计的学生宿舍里。我当然不肯平白错过这个可以与柯比意在浴室缠绵的机会，便马上向朋友提出要洗澡的无理要求。朋友深明大义，知道顺从是对付无赖的唯一办法，于是我就有了一次与柯比意在浴室亲近的幸福体验。

除了大学城的两座学生宿舍，巴黎迄今还保存有不少柯比意的建筑。几年前暑假，趁游巴黎之便，带家中小孩和外甥去拜访位于十六区的两座柯比意住宅（Villas La Roche et Jeanneret / 1924）。柯比意在巴黎的建筑绝少对公众开放，这两座住宅算是为数不多的例外。可惜抵达时却遭遇闭门羹（休息两周），唯有隔着围栏望梅止渴。柯比意曾经为这个区做过一个整体的设计方案，这也是他为巴黎所做的唯一一次。但是很遗憾，最终柯比意只建成了这两个小品便了事。

家中书房有张已陪伴我十多年的椅子，便出自柯比意之手。这是一张最能鼓舞懒人士气的"长椅"（Chaise longue），任何一个拿起书就会大打呵欠的好学人士，只要坐在这张椅子上开展阅读，准能在几分钟内进入甜美梦乡。

寂寞芳心

刚刚结束的柏林电影节，把最佳影片金熊奖颁给刁亦男导演的《白日焰火》。这刁亦男，谁呀？真的一无所知，有失远迎。翻资料看看，原来并非百分百陌生人。刁亦男曾作为编剧，参与过好几部电影的工作，当中包括由张扬导演的《爱情麻辣烫》和《洗澡》，都是我喜欢的影片。

找到一出刁亦男六年前导演的旧作《夜车》以 DVD 示众，铁定急补一课。看《夜车》开首几个镜头，便几乎可以肯定是一部只向小众示好、不向大众挤眉弄眼的影片。

戏中女角叫吴红燕，从前当兵，退伍后在西部一个小地方的法院当法警。自从丈夫十年前因病去世，吴红燕一直过着独身生活。不是不怕寂寞，而是怕极了。每个周末，吴红燕都会独自坐火车到附近一个县城，参加一个旨在介绍异性相识的舞会。但无奈花不肯开果没法结。倒是吴红燕执行过一起死刑犯的枪决，却引出一段幽暗的感情。该死刑犯的丈夫李军，将丧妻之痛算到吴红燕头上。李军常常跟踪吴红燕，伺机下手杀人。然而，一个寂寞的人跟踪另外一个寂寞的人，刀子还未动，激情却一发不可收拾。

《夜车》乍看有点像布烈逊（Robert Bresson）的风格，非常节制、简约。影片为观众提供的信息相当有限。一方面，两个主角都是沉默寡言的人，观众很难从两人的对话中充分了解两人的内心世界。另一方面，导演还很有意识地限制画面的信息量。例如，影片开始时的一连串有吴红燕出现的场景，然而画面要么只是呈现女主角的背影，要么便是她双手的特写，又或者只见头发不见头的近镜，观众根本看不到她的容貌。这样做，导演不仅能营造出一种神秘、不确定的氛围，而且还为影片留下不少空白，让观众自行想象。

愧对发哥

准备捐出几十亿身家的周润发，当年却不肯借区区几十万给吴孟达偿还赌债。两人识于微时，赌仔对发哥的不满可想而知。不久，吴接到戏，还了赌债。庆功宴上，吴感谢导演带挈，导演则叫吴多谢发哥吧，因为是发哥向他推荐吴的。

不知道吴当时怎么想，但姓周的好像格外容易让人误以为不够义气。

《晋书》周颛传有故事如此这般。三朝宰辅王导，因族人王敦起兵谋反受牵连，有朝臣劝元帝杀尽王氏宗族。王导于是率领多名位居要职的宗亲到宫门前跪地待罪。碰巧遇见尚书左仆射周颛上朝，王导便请周在廷上为自己说好话，周"直入不顾"。进宫后，周颛则向晋元帝力陈王导忠诚，"伸救甚至"。周颛喜欢喝酒，下朝后喝到醉醺醺才出宫门。仍在宫门待罪的王导见周出来，又再图求请帮忙，"颛不与言"，还对旁边的人说："今年杀诸贼奴，取金印如斗大系肘（今年杀一些谋反的人，我就可以挂斗大金印了）。"周颛回家后，再给皇帝上奏章，为王导说好话，"言甚切至"。而王导不知周颛救己，只顾一味对周怀恨于心。后来，王敦攻下建康，抓到不愿逃跑的周颛。王敦欲杀周颛，便问王导意见。王导一再不语，任凭王敦杀害周颛。后来王导查阅宫中档案，发现了周颛为他求情的奏章，言辞"殷勤款至"，随即"执表流涕，悲不自胜"。

周颛字伯仁，这就是有名的"我不杀伯仁，伯仁为我而死"的出处。王导的原装版本是这样子说的："吾虽不杀伯仁，伯仁由我而死。幽冥之中，负此良友。"

勿让青春白白送死

今天很心不在焉，本想敷衍一下巴黎近事，又或者找澳门那个会强暴学生的靶子讽刺几句，都觉意兴阑珊。理性的悲观主义胜过盲目的乐观主义的说法，平常我会盲目信服，此刻我却准备理性反驳。

因为我在读美国著名专栏作家阿尔博姆（M. Albom）的书《相约星期二》（*Tuesdays with Morrie*），看到了一种美好的师生关系。阿尔博姆上大学时最喜欢的老教授莫里患了绝症，药石无灵。接下来的日子，两人相约逢星期二见面。于是学生每周登门，聆听老师的最后一堂课，谈人生，谈死亡，谈宽恕，直至老师十四周后去世。

莫里想必是一位很体贴学生的老师。据阿尔博姆说，在越战期间，为了让男生获得延缓服兵役的机会，莫里曾给所有人都打上 A 的成绩。书中讲述的师生情谊，我很在意阿尔博姆轻描淡写的六个英文字。当莫里打电话给学生相约见面的时候，阿尔博姆这样形容老师的语气是 "less a question than a statement"，意思是"指示多于询问"。倘若两人是泛泛之交，就只会是假味浓郁的客套，而不可能有如此直来直往的肠肚。

美国小说家卡佛（R. Carver）也讲过一个老师的故事。加德纳（J. Gardner）是小说家，曾先后在多所大学教授创作课。当年卡佛上大学时，就拜在加德纳门下。那时，已有家室的穷学生卡佛找不到可以静心写作的地方，加德纳得知情况后，二话不说就把办公室的钥匙给他。卡佛说，老师的办公室堆放着许多仍未出版的著作手稿，却大方地让他一个人在里面写作。

　　每个人都把前半生最宝贵的光阴埋葬在学校的考试里，若再遇不上一两个好老师，不就等于叫青春白白送死吗？

拒绝性的男人

读他的评论，你很容易喜欢上他的不留余地，信服他的洞察力，尤其是那本评论建筑的经典《建筑的七盏明灯》(*The Seven Lamps of Architecture*)："建筑也许会因为材料太好而浪费，又或者因为过于纤巧而无法公开展示。后期的建筑，尤其是文艺复兴的作品，一般都有这个特点，这也许是最糟糕的缺点。我不知道，还有什么东西能比 Certosa 修道院以及 Colleone 教堂墓园等建筑镶嵌的象牙雕刻，更令人感到痛苦或者可惜。一想起来就让人疲惫不堪，哪怕看上一眼也会有沉重的痛苦感觉。"

翻开他的自传 *Praeterita*，你会好奇一个男人为何从小到大都能顺从父母的任何旨意，甚至以此为荣："我服从父亲或母亲的任何一句话，任何一个手势。我简直就像是母亲驾驶的一条船；我不仅没有反抗的意识，还把接受这种指导视作自己生命和力量的一环。"

看英国导演理查德·莱克斯顿（Richard Laxton）的电影《艾菲·格雷》(*Effie Gray*)（2013），你又可能对那个他心生两分讨厌。艾菲·格雷是他的妻子——没错，他就是约翰·罗斯金（John Ruskin），19 世纪英国最重要的艺术批评家之一，其影响力迄今依然没有因时间而蒸发掉。

电影以艾菲·格雷与罗斯金的六年婚姻生活为内容，旗帜鲜明地站在妻子那一方，有同情、有怜悯、有惋惜、有痛。当然还有对罗斯金的自私、冷漠、无情，予以无法隐藏的厌恶。电影里，罗斯金犹如一头怪物，他拒绝与妻子的任何肌肤之亲，他会用令人难以承受的眼神来拒绝妻子的性要求。电影没有给出罗斯金拒绝性的原因，任凭观众在茫茫然中胡乱猜想。

性无能，抑或从未长大？

与罗斯金六年的婚姻生活直到离家出走，艾菲·格蕾依然是个处女。电影里，艾菲·格蕾透过律师，以罗斯金性无能为由提出离婚。指罗斯金性无能，应该是最接近事实的说辞，同时也是最容易得出的解释——影片从没暗示罗斯金是个同性恋。

除了性无能，影响罗斯金婚姻生活的，恐怕还有其他更为深层的原因。影片提到，罗斯金到牛津上学，母亲依然陪伴在侧。罗斯金在自传里，居然颇有几分自鸣得意地谈及这件事："母亲和我一起来到牛津，尽力照顾我，我把这看成小小的荣耀，让我觉得欣慰而非羞愧。在我三年的学习生涯中，她一直租住在牛津高街的房子里，父亲则孤零零住在赫恩山（伦敦住所，如今辟作罗斯金公园），为了儿子与妻儿分开。每个星期六他都过来团聚。星期天，我们一家三口沿着古老的路走向圣彼得教堂做礼拜。除此之外，他们从来不会与我一起出现在公共场所，怕同学会因此嘲笑我。"作为一个男人，罗斯金似乎一生都活在母亲的怀里，从不曾长大过。一个发达、知性的脑袋却长在一个永远离不开母亲裙脚的脖子上，当中的巨大反差，是否导致罗斯金后来一再精神崩溃的主要原因？

罗斯金留下许多著作，在建筑、绘画、旅游文学等方面都有重大贡献。读罗斯金的英文是一种享受，但前提是你得容忍他那些结构无穷复杂的烦人句子。

比起电影里所描绘的罗斯金，真实的罗斯金显然更为复杂。罗斯金信奉平等的共产主义，几乎散尽家财来实践他的政治理想，即使最终未尝成功。

麦克白又来了

要找出任何有新意的赞美辞藻花在莎士比亚的《麦克白》(*Macbeth*) 身上，都属枉费心机。法国电影评论家巴赞 (A. Bazin) 在谈论好电影的时候，曾经用过一个颇为有趣的说法："也许我没有足够的时间来长话短说。"下笔写《麦克白》，不仅会遇到没有足够时间长话短说的问题，还得碰上拾人牙慧的时候又不至于让文章显得太愚蠢太残废的难题。

不过，我还是准备冒险一试，只因麦克白又来了。《麦克白》是莎士比亚最伟大的作品之一，而且非常适合拍成电影（故事、对白、动作一切现成，连画面都能想象出来），难怪多位电影大师都忍不住要对其毛手毛脚。黑泽明、奥逊·威尔斯、波兰斯基等人都曾将《麦克白》搬上银幕，可惜大都败兴而回，令人失望。迄今为止，除了黑泽明的《蜘蛛巢城》（1957），大概没有一个《麦克白》的电影版本能够称得上成功。《蜘蛛巢城》不仅是一个成功的改编，而且还是一出真正的杰作。相对于奥逊·威尔斯和波兰斯基的版本，《蜘蛛巢城》的改编难度较大，离原著亦最远——黑泽明把故事发生地从原来的苏格兰搬到日本，并将戏剧的表演放进电影里。如果因此认为黑泽明的成功在于有更多自由发挥的空间，或许有一定的道理。然而，最新的电影版《麦克白》（2015）却为我们提供了一个有力反证——几乎依足莎士比亚的原著行事，同样可以成功。

澳洲导演库泽尔（Justin Kurzel）的新版《麦克白》无疑是一次极其忠于原著的改编。从台词到故事的编排，都非常莎士比亚。这里至少有一个好处，可以让从未接触过莎剧的观众也能从中欣赏到原著优美且意义丰富的台词，从此知道除了"to be or not to be"之外，还有许许多多像"the near in blood, the nearer bloody"（血缘越近越血腥）的金句。那些在原著里教人难忘的台词，都一字不漏地出现在这部电影里。

有一点值得一提。我看到的库泽尔版《麦克白》DVD，中文字幕都采用朱生豪的译文，无疑是很好的选择。不妨比较一下朱生豪与戴望舒的译文，以下是《麦克白》第一幕三个女巫的对话：

> 甲：When shall we three meet again？/In thunder, lighting or in rain？（朱：何时姊妹再相逢，/雷电轰轰雨蒙蒙？）（戴：我们三个人几时能在大雨中或雷电中再相见呢？）
>
> 乙：When the hurlyburly's done, /When the battle's lost and won.（朱：且等烽烟静四陲，/败军高奏凯歌回）（戴：等到纷争息了时，等到胜负分了时）
>
> 丙：That will be ere the set of sun.（朱：半山夕照尚含晖）（戴：那时太阳还未下山）

除了"败军高奏凯歌回"的意思嫌含糊，朱生豪的译笔显然更胜一筹。

睇肉运动

1932 年 12 月 1 日，廿一岁的季羡林在日记上写道："过午看同志成中学赛足球和女子篮球。所谓看女子篮球者实在就是去看大腿。说真的，不然的话，谁还去看呢？"

时为清华大学生的季羡林，不止一次（具体的数字是三）在日记里说类似的话。

季羡林看大腿跟做大学问一样认真，有回还因为人家"大腿倍儿黑只看半场而返"。

真系坦荡荡得好鬼可爱。

20 世纪 30 年代，孙喻有部影片叫《体育皇后》，黎莉莉主演。影片以上海一所体育学校为背景，写一个女运动员的故事。

影片着力宣扬强健体魄"体育救国"，在当阵国难临头的大环境下，无疑非常正气，也似乎理所当然。

而影片信手展示的美腿，风光旖旎，想必为大半个世纪前保守的中国观众，带来一番额外的满足。

以运动员挂帅担当的中国电影似乎阴盛阳衰，当中是否涉及大腿因素，我绝对有权胡思乱想。

单论季老所讲的女子篮球，至少就有谢晋导演的《女篮五号》（1957 年，刘琼、秦怡主演）以及最近重新发行的国泰老片、唐煌导演的《体育皇后》（1961 年，丁皓、雷震主演）。

女运动员出镜，理所当然附送美腿。哪怕是影片背景远在冰天雪地的哈尔滨，写女滑冰运动员的电影《冰上姐妹》（1959年，卢桂兰主演），导演武兆堤照样抓到展览玉腿的机会。

打破传统？

沙特阿拉伯国王终于在公元 2017 年的 9 月，以不高不低调宣告打破传统——这也叫传统——解除女性不得驾车的禁令。过往，若有任何女子够胆在男人大晒的文明社会中开车上路，将要面临罚款、监禁甚至毒打的惩罚。把男人御赐的恩典视作女性打破传统的恩物，有表错七日情之嫌。传统，随口就是上下几千年，可不是那么容易打破的。

不期然想起我自少年时代起一直崇拜的偶像秋瑾。秋瑾女侠可是个能文能武、见识超群的革命志士，绝对不是凡妇俗女。多年来，几乎每次经过东京神田的水道桥，就会很自然地拿起当年秋瑾在此处因派发反清传单而遭警察逮捕的胆色和英姿，放到脑里想象一番。可偏偏就是这个史上绝无仅有、一点也不传统的女子，到头来还是死于传统之下。

其实秋瑾可以不死，不这样死。事实上，在清兵来抓捕她之前，她有足够的时间逃脱，但秋瑾不干。那时的她，大抵满脑袋都是孔子的千年古训："志士仁人，无求生以害仁，有杀身以成仁。"

好个"杀身成仁"。学者胡缨说："不管谁事实上挥动了刑斧，赴死都是秋瑾本人的决定，因此行刑人可以说是她意志的工具。"对此，胡缨的评价是："秋瑾的意识形态定位显得有些因循守旧。"

夏衍写过一个有关秋瑾的剧本《自由魂》，直言秋瑾赴死是"傻劲",为古书所害。剧中,秋瑾的同志劝她"赶快走"的时候,她却以"成仁取义"为由而拒绝。身边的同志即无奈地说:"啊,想不到你有这样的傻劲!你从前的那些仁义礼智的旧书念坏了!"

打仗为啥?

哥伦比亚终于正式宣告结束持续多年的内战,这一回,就连唯恐天下不乱的和平主义者美国都没有意见。假若马尔克斯先生能够稍稍延缓一下自己的死期,多活两年半,一定会为这一天的到来而高兴。

马尔克斯先生是唯——位得过诺贝尔文学奖的哥伦比亚人,他那本闻名遐迩的小说《百年孤独》,通篇写满了对荒谬内战的辛辣讽喻。主角之一的传奇人物布恩迪亚上校便是一名内战专家,先后"发动过三十二场武装起义","逃过十四次暗杀、七十三次伏击和一次枪决"。布恩迪恩上校的不死事迹还包括"遭人在咖啡里投毒",即使"投入的马钱子碱足够毒死一匹马"也仍旧安然无恙。

至于为何打内战,马尔克斯先生提供了多个说法,下面是其中的两个:

"老兄,你打仗是为了什么?"

"还能为了什么,为了伟大的自由党呗。"

"你知道为了什么,算你有福;我呢,现在才刚发现我打仗是为了自尊。"

"这可不好。"

"当然,不过不管怎么说,这总比不知道为了什么打仗强。也比你强,你是为了一样对谁都没用的东西打仗。"

把内战说成一无是处,难免言过其实。至少,它能够让民众看清敌对双方的重大分歧——原来"自由派和保守派的唯一区别是，自由派五点钟做弥撒，而保守派则在八点钟做弥撒"。何况，即使敌对派系互相残杀，也有合作的时候，比如保守党政府就得到自由党人的支持，"重新修改历书，以便每任总统可以在位一百年"。

马尔克斯先生说："结束一场战争比发动它难得多。"的确，布恩迪亚上校发起过三十二遍武装起义，才换到如今的一次和平。

购物天堂的美誉

最近听到一个在中学生之间流传的笑话：学生甲指学生乙模样生得丑，后者很生气，痛打前者一顿。学生乙解释说，她之所以生气打人，不是因为学生甲说她丑，而是因为学生甲讲大话。

可见，说谎是多么惹人恼火的事。

二十多年前，我刚跨海到香港读书不久，想买一台数码剪接机回家修炼。这个想法才向身边的同学朋友微微透露，便免费收到各种各样的温馨提示：小心上当受骗。对于这类友情警告，澳门乡下人多少有点错愕——香港不是购物天堂吗？怎会有这种事？一个朋友见我有葬身火海的潜质，终究按捺不住，指派当年还未过门的旗下猛男邹长根带我去购买。那时邹长根已是著名剪接师，数获香港电影金像奖最佳剪接荣誉。

我一边接受朋友的好意，一边心里依旧嘀咕：使唔使咁夸呀，我买部剪接机咋，又唔系开电影公司。然而在问价、看货的过程里，我终于明白朋友的提点和帮忙绝非多余。因为你是在跟一个又一个几乎不会说真话、实话的天堂售货员打交道，掉以轻心的唯一下场将会是银包血流成河兼夹货不对办。

近年，内地游客一再在香港购物受骗受宰，不过是见识了香港这个购物天堂多年来一直隐藏得很好的秘密罢了。香港迄今仍没有稍稍严格的标签法，店家卖物是否明码标价及声明产地来源，纯由生意人凭个人兴趣决定。所以只有香港这个购物天堂才会制造出下面的笑话。几年前，香港很多日本料理都标榜店内食材皆由日本新鲜运来，后来福岛核泄漏，不少店家便随即改口称从未曾进口过日本任何食材。

呵呵，真逗。

五谷不分的食客

一连写了好几篇跟饮食拉拉扯扯的文章，当然事有蹊跷。事缘不久前，接到一位有势力人士的指令，命我为一份杂志写点饮食文字。在还未弄清楚对方是否有黑社会背景之前（他经常穿黑衣），我不敢贸然拒绝，只好笑笑口欣然领旨。

叫一个擅长五谷不分的人来讲饮讲食，多么超现实主义啊。后来我终于想通了，兴许人家贪图的正是这个。于我，最富戏剧效果的饮食场面常常不期而遇。每次细细品尝过一道美味无比的菜式之后，我总会情不自禁地要表扬一下店家，例如："你们的鸡是从哪里来的？怎么会这样好吃？"每当这个时候，店家的答案往往出人意表："先生，我们只卖牛肉。"

日本名作家丸谷才一曾经说过，用文字来表述事物的美味，简直是写文章的最高境界。至于写饮食随笔，丸谷先生更认为是难上加难的事。懂得吃且又会妙笔生花的人，本来就不简单；能吃能写还能画的人，这就高富帅了。数年前，王祯宝大人为本报饮食版撰写专栏，总会配上一幅自家亲笔绘画的插图。这样的档次和品位，恕我直言（对不起，多嘴了），无端端就把原来的饮食版推高不止一个台阶。后来不知是王大人事忙还是因为本报的稿费不够迷人，专栏很快就悄悄地消失了，真是可惜。

读文字高手兼老饕的文章，绝对是无本的高端享受。人家写开一瓶两万块钱的红酒，我就仿佛觉得自己有份干杯。久而久之，我也顺带将这份兴致带到阅读小说上去。凡是小说里提到的美食，我都会一一标记下来，方便嘴馋时翻出来顶瘾。

哀悼的等级

有些生命的消失特别令人痛，特别值得哀悼。所以全世界人民都得记住"9·11"恐怖袭击中死去的几千条最高级的生命，因为他们是美国人。巴黎日前遭遇恐怖分子血洗，一百多人丧生。法国人的悲伤和愤怒，我们感同身受，因为根据哀悼的等级，欧洲人是仅次于美国人的高级人类。

只有少数自命不凡的人才会向这种犹如天理的哀悼等级发难，哲学家巴特勒（J.Butler）即为其中之一。她讲过一件事：一位巴勒斯坦裔的美国公民，试图在报上刊登讣闻，借以哀悼遭以军杀害的两个巴勒斯坦家庭。结果，报纸以不想冒犯任何人为由，拒绝讣告。为何公开哀悼巴勒斯坦人会"冒犯"公众呢？根据巴特勒的说法，一些特定的人群遭到"非人化"处理，成了不是人的某种东西。既然是某种东西，简直死不足惜，又有什么好哀悼的呢？

我们哀悼"9·11"的遇难者，却懒得理会死于海湾战争及其余波的二十万伊拉克儿童。我们谴责恐怖分子的暴行，却很有原则地欢迎法国的军事报复。你可能不清楚或者不愿弄清楚军事报复行动究竟意味什么，我们不妨做一个方便理解的假设：法国发现有几个制造巴黎惨剧的伊斯兰国恐怖分子在澳门出没，于是派战机把四分之一个澳门夷为平地。然后西方媒体大肆报道法国的军事行动，成功杀死所有潜匿澳门的恐怖分子，却只字不提平民伤亡。只要能杀死恐怖分子为大国公民报仇雪恨，谁会在乎澳门有多少叫作东西的平民陪葬？

　　美国带头反恐十几年，恐怖分子是多了还是少了？以暴易暴、冤冤相报的恶性循环，会令世界变得更安全吗？

丑恶的知识产权

知识产权，是当代最常被误导且最容易被误导的话题之一。在知识产权的背面，到处都是幽暗的角落，充斥着强权、支配、欺凌、榨取、掠夺、贪婪、垄断等一众皮笑肉不笑的魔鬼。

日前读报，得知澳门有好几所学校在课程内植入教授知识产权的内容，觉得很有意思，好想奉承几句。不过，这些学校却似乎只是倾向于倡导"反盗版""保护知识产权"这样简单的预设结论，而非让学生全面了解知识产权事宜，显然过于偏颇。

南非感染艾滋病的患者人数冠绝非洲，而专利药售价昂贵——有一点不得不提，国际大鳄药厂生产的专利药，往往会以比发达国家更高的价格在发展中国家出售。为了让更多的艾滋病患者得到较便宜的药物治疗，当时的总统曼德拉签署一项法案，允许南非从药价较低的市场进口专利药，即平行进口。南非此举，无疑损害了大鳄药厂榨取、欺凌南非人民的权利。利益受损的大鳄药厂不仅透过美国政府和欧盟向南非施压，还将曼德拉作为第一被告告上法院。

在人命关天面前，在公义面前，知识产权究竟在扮演怎样的角色？知识产权真有那么值得尊重吗？2001年，美国笼罩在炭疽来袭的想象中，总统布什却毫不理会炭疽解毒药物为德国拜耳公司持有的专利，单方面授权美国药厂大量生产。对布什公然侵犯知识产权的行为，拜耳公司却忽然显得慷慨大度，不敢计较了。

　　由于知识产权长期被神圣化，致使其丑恶的背影并不容易为人觉察。在咬牙批斗知识产权之前，先引述两个我从研究知识产权的学者那里听来的真实故事。

　　还看不出什么叫强权、支配、欺凌、榨取、掠夺、贪婪、垄断吗？

打一下呵欠……

过去二十年，知识产权是发达国家——尤其是大美帝国最爱宣讲的黑话。借助知识这个有几分文化感书卷气的掩体，发达国家的企业便可以装成有教养的绅士，强行向他国收取专利费。这个由发达国家一手制定的知识产权游戏，用达沃豪斯（Peter Drahos）的话说，不仅侵蚀他国的主权，而且增加了后进国家的发展成本。难怪有西方学者将知识产权形容为没有殖民地的殖民地掠夺。

几千年来，人类的文明进步都是建基于相互交流、相互学习、相互模仿之上，谁也没有例外。大英帝国如是，大美帝国亦如是。今日的发达国家，在还未发迹的穷家仔年代，从不在乎什么知识产权。19世纪，小小美利坚合众国懒理大英帝国的不满，疯狂盗印来自欧洲的书籍求上进。荷兰国王威廉还出钱支持翻印外国书。比利时呢，更干脆，直接由大臣出掌翻印事务，不假外求。那时，翻印外国书籍是一门受尊敬的行业，原因就在于可以让国民廉价地获取外国的知识。

研究知识产权的学者达沃豪斯建议，面对国际专利制度，我们要问两个问题。第一，承认外国专利会给自己的国民带来福祉吗？第二，外国承认我们的专利会带给我们显著的收益吗？如果两个问题的答案都是否定式，也就不必接受那些未经商讨便强加于我们身上的游戏规则。

以澳门目前的情况而言，对所谓知识产权，最适切的做法是打一下呵欠，伸两记懒腰，耍三招太极。

泛滥成灾的知识产权

知识产权主要以专利、版权、商标等面目示人，而当中的专利尤其泛滥成灾，已到了失控的地步。过去十年，美国专利商标局每年收到的专利申请，就有几十万份，比起 20 世纪 80 年代，足足增加了数倍之多。美国人真有那么多四肢发达头脑不简单的发明家吗？真有那么多惊世创新吗？当然不是。滥用专利机制才是有脑的美国人奉献伟大创意永不绝后的根源。

一个与众不同的挖鼻屎姿势，只要勇敢无畏地拿去申请专利，分分钟也能获得授权。你以为在开玩笑吗？一个三明治的夹法，居然可以成功地获得专利。

想想下面这个由达沃豪斯提供的例子吧。你家的小女孩在公园里荡秋千，忽然心血来潮，不前后荡了，而是拉着一端的链子左右摇晃，开开心心玩个痛快。几天之后，你收到一封来自知识产权执法处的一封信，说令千金摇晃秋千的玩法侵犯了一项专利，需要缴纳专利许可费，否则会面临专利侵权诉讼。

事实上，美国专利商标局早已授予一种荡秋千的玩法以专利保护。有想过泛滥的知识产权可能要你为子女在公园里的随意玩耍埋单或惹官非吗？

泛滥的知识产权，还会带来有更为凶险、邪恶的作孽。国际知名的环境保护思想家席瓦（Vandana Shiva）在其著作《失窃的收成》里，强烈谴责那些跨国巨头食品企业，居然声称对各种传统农作物享有知识产权，夹粗将千百年来农民的集体智慧据为己有，借助知识产权实行全球农业抢劫。情况就好比有外国食品企业，拿澳门的土产鸡仔饼、猪油糕、牛肉干的制法去注册，然后宣称拥有制作这些食品的知识产权，要求澳门人付费，你会同意吗？

知识产权激励创新？

给创新予专利、垄断，目的就是为了鼓励创新。这是知识产权最迷人又迷鬼的核心价值所在，无疑有一定的道理。只可惜在大多数情况下，这个说辞的可信度数也显得很低端，常常经不起任何稍具力度的诘问。

相对于人类漫长的历史，知识产权随全球化搞到街知巷闻的日子，短得完全可以忽略不计。就算后退九步，采取宽松的标准，把威尼斯共和国制定的、应用范围非常有限的所谓世界第一部专利法包揽在内，也不过是五百年光景。那就是说，无论古今中外，绝大多数的发明创新，都是在没有知识产权的激励下诞生的。

没有知识产权激励，李白就作不出诗来？曹雪芹就不肯写《红楼梦》？黄公望就懒得画《富春山居图》吗？我们日常生活每天都会应用的语言、文字、算术，这些人类真真正正的伟大发明，又何曾劳烦过知识产权来打气？这个道理简单明白得根本无须再解释。

这些例子也许会有人嫌太陈旧，与当下资本主义社会的体臭格格不入。那好，来，让我们看看今日时装这个领域。

牛津大学出版社去年出版了罗斯提亚拉（K. Raustiala）和史碧格文（C. Sprigman）合著的《洛哥夫经济：模仿如何引发创新 》（*The Knockoff Economy: How Imitation Sparks Economy*）。该书举时装为例，借以证明其模仿可以引发创新的理论。我们都知道，时装是一个很讲究标新立异的工业，以一季三个月为单位，不断开拓更新潮流——比苹果推出新机的周期还要短得多。然而，偏偏就是这个天天追求玩新鲜的领域，不受知识产权的保护。也就是说，无论谁设计的服装，都可以任人模仿任人抄袭。同时，显而易见，时装设计也是在没有知识产权激励的情况下不断寻求创新的。

赶绝二度创作

　　模仿不但能引发创新，而且贡献比我们能想象的多得多。

　　今时今日，我们之所以还能欣赏到古代的绘画和书法，其中的一个重要原因，无疑得归功于当时同代人和后来者高超的临摹。尤有甚者，更出现一些仿作更胜原作的情况，这样的例子绝不罕见，中外皆有一大箩。这就是论者常说"最好的版本不见得是真的版本，而较差的版本不见得是摹本"的原因。

　　好在古人有智慧，不会像蠢得不可开交的现代人那样讲知识产权，才能够为我们留下那么多宝贵的文化遗产。

　　今日的所谓知识产权，不仅会摧毁模仿，还会赶绝二度创作。杜尚（Marcel Duchamp）在印有蒙娜丽莎的明信片上画了二撇鸡和山羊须，乃现代艺术最著名的二度创作。近日澳门劲吹百年难逢一遇的诗风，见好友李锐奋身水身汗搞事，我也趁机厚颜（无耻就不说了）推销一首旧作赠兴。这首诗是我学生年代发爱情白日梦时，从徐志摩那里偷来的。这首贼诗不单被收进好几本澳门的诗集里，还曾非常荣幸地得到当年年纪小的林诗人玉凤小姐的垂青，拿去参加朗诵比赛（这件事好像是林诗人多年前亲口对我说的，但由于年来记忆力未经批准便无畏地向脑呆或老呆昂首迈进，害得我能确认的事越来越少，可以装糊涂的事却越来越多，所以若有任何闪失，在此先行向林诗人赔罪）。

　　这首诗明目张胆就叫《偶然，偶然》：

如果，如果 / 天空有那么一片云 / 偶尔投影在我的波心 / 究竟要不要讶异？ / 究竟要不要 / 为瞬间即成永恒的消失 / 而惊喜？

你我从不曾相遇 / 在某夜的海上 / 然而你却有我的 / 我却有你的，方向 / 竟然有这么一种方向，一种 / 忘掉不好不好忘掉的 / 方向

在不夜不海的地平线上

扼杀创新的知识产权

两位著名的经济学家（Michele Boldrin、David Levine）曾以挑战的口吻问道：有谁可以讲出一个——哪怕是一个孤立的例子，来指证一项新工业的出现是由于现行专利法保护的结果？两位学者的答案是，他们无能为力。

事实上，在绝大多数情况下，知识产权的专利保护，不单激励不了创新，还反过来扼杀创新。大家都在课本上读过詹姆斯·瓦特（James Watt）先生的大名。当年，瓦特在前人的基础上发明了新的蒸汽机，并取得专利。之后，瓦特宁愿将更多的时间花在对他人采取法律行动来保护专利权，而不是去改良自己的发明。同时，瓦特还阻止其他人对蒸汽机进行改良。结果不难推想，在专利魔咒之下，瓦特的蒸汽机未能得到重大的改进。情况一直维持到瓦特的专利权届满后，才出现戏剧性的改变，蒸汽机的提升才能够在其他人的努力下获得重大的突破。也因此，有学者甚至认为瓦特的蒸汽机专利，拖慢了英国工业革命的进程。

知识产权也好，专利权也好，无非是企业或个人谋取垄断并借以打击竞争对手的工具。

微软的情况也不例外。作为 IT 行业的一哥，在过去十几年，微软做了些什么令人耳目一新的伟大发明？对不起，没有。发迹后的微软，靠的是垄断（微软在欧美多次被指控垄断、罚款上百亿元而死不悔改）和打压他人创新的专利权（微软包养的庞大律师团会叫你好看），来维持其霸主地位。微软的存在，对 IT 行业是一个噩梦，原因就在于知识产权这根恶棍。控告他人侵犯专利，已成了 IT 行业永远不绝于耳的聒噪。

完全有理由相信，没有知识产权，会带来更多的创新。

反对知识垄断

资本主义社会拥有数之不尽的铁杆"粉丝"，当中的一些精忠之士居然会一面高举资本主义的伟大旗帜，一面却向知识产权示爱，实在令人万思不得其解。

相互竞争的自由市场乃资本主义制度赖以生存并自视高人一筹的命脉。知识产权所牟取的垄断权、排他权，却与自由市场的运作和信念背道而驰，不仅对经济发展有害无益，而且还会"滋生低效、不公和腐化"，这就是为什么很多经济学家从一开始便质疑、反对专利权版权的理由。

哈佛大学的法学专家莱锡（Lawrence Lessig）曾经在一起挑战延长版权年限的法律诉讼中，得到多名经济学家的声援。十七位杰出的经济学家（包括数名诺贝尔经济学奖得主）联名向美国最高法院提交了一份摘要，支持莱锡质疑现行的知识产权法。

对于目前肆虐全球的知识产权问题，就连态度温和的学者都认为有必要对此做出修正和检讨：或限制其专利保护的适用范围，或大幅削减其保护年期，或放宽公众"合理使用"（fair use）的权利等等。

至于要求废除专利权版权的声音，无论来自学界或民间，同样不绝于耳，而且早有先例。荷兰在近代史上曾经有过相当辉煌耀目的演出（日本的近代化进程便得益于当时赫赫有名的"兰学"），一时无两。19 世纪，荷兰工业促进会首先发难，向国王请愿要求废除专利系统，并最终取得成功。

　　废除眼前害处太多好处又太过微薄的知识产权，来让资本主义活得更好更长寿，并不是我反对知识产权的初衷——反对知识垄断才是我认为要废除知识产权的出发点。

　　当然，要彻底消灭知识产权，我们会面临一些真实的或者纯属虚构的棘手问题。例如作家如何在没有版权的保护下获得报酬？

收获不信任

2009 年诺贝尔经济学奖得主奥斯特罗姆（Elinor Ostrom），曾在其担任美国政治学协会主席的就职演讲中严厉警告道："几代公民全是愤世嫉俗，彼此间互不信任，对政府更加心存质疑。要想解决社会两难问题，关键是信任，而我们现在却可能是自掘坟墓，葬送掉自己的民主生活。"奥斯特罗姆固然是针对美国发话，但看起来却更像是向澳门免费赠言。

一个政府若要赢得民众的信任，如何公平公正地行使公共权力是其中的关键之一。在都市更新委员会的成员组成问题上，碰巧，政府又一次大公无私地偏袒商界。如果事实一如官员所言，都更会"代表性广泛"的话，那我们只好又再度不无委屈地接受"被代表"的光荣资格。

要"自掘坟墓"的还不止于此。经济学的老祖宗亚当·斯密讲过，同一行业的人一旦聚首，"结果总是共谋对大众不利"，更何况是多个利益攸关的团体？"都更会"有不少界别（例如地产、建筑、工程等）都会深深涉入未来可预见的巨大利益之中，而委员会的成员却是由欠缺广泛代表性的商界利益团体主导，这样的"都更会"又怎能赢得公众信任？

一个政府的执政质量跟民众对政府的信任程度息息相关，偏袒社会上的强势阶层尤其不可取，只会在民众中收获不信任，为施政自制麻烦。

个人并不喜欢最后一任港督彭定康，但我对他处理委任的做法记忆犹新。当民建联的谭耀宗在一次立法会选举中败阵时，彭定康却马上委任这个政治上的敌人当某个委员会的主席。将反对派纳入政府的架构中来，能增添市民对政府的信任，有助政府施政。

男老当婚

一则男八十二女廿八的忘年婚恋曝光，实时连累全球华人乡里通宵频扑踩场，有人攞景，有人赠庆。

更有不少得闲得滞的网民自动夹份送上"不要脸"恭贺，都算重手。

可见忘年恋惹火，名人尤甚。

然而这样说来不免奇怪，恋爱结婚对象，无论中外向有年龄差异——谁会刻意找个同年同月同日生的仁兄仁姐谈情说爱走上姻缘路？

婚恋对象不单有年龄差异，而且还要男女相差十年才算合乎礼数。

《礼记》说得明明白白，古制男子要三十而娶，女子要二十而嫁。

反过来，女长男十岁亦可。

按 20 世纪 20 年代出版的《中国民事·习惯大全》所载，不少乡下地方，结婚年龄"以女长于男为一般习惯，甚有女年超过十岁以外者"。

忘年十载，以西方哲人的标准，其实还差不止一点点。

亚里士多德扬言，"女人应十八出嫁，男人应三十七娶妻"。明摆着，忘年要忘足十九年才算理想佳偶天成，除非是同性恋。

诺贝尔文学奖得主汤马·士曼（Thomas Mann）的小说《魂断威尼斯》（*Death In Venice*）老作曲家暗恋美少年，痴痴迷迷不能自已，最终悲剧收场命丧水都。

磨豆腐与磨镜子

广东人嘴刁，不止一日三餐两茶，或者随便食言。

连带开口发话亦特别传神鬼马，句句到肉，有形有实。

旧同学埋堆聚首，酒过三巡，自有勇夫落力搞气氛，言无不尽言谈自若，继而言多必失。旧同学中有两位女同志双宿双栖，勇夫以"磨豆腐"呼之，话口未完，对方登时反枪。

"磨豆腐"一语，抵死指数极高，胜过上海人所谓"磨镜子"。

"磨镜子"之说，1949年后大概已绝迹上海滩头。然而在20世纪30年代的上海，"磨镜子"恐怕是很摩登的新词。

1935年出版、由汪仲贤撰述的《上海俗语图说》，便有"磨镜子"。

话说玻璃水银镜子未登陆中华之前，国人贪靓照镜，全凭铜镜相助。铜镜用久了，会变得黯淡，此时得借用另一面铜镜相互摩擦、翻新。

据《上海俗语图说》解画："近年上海地方又有一个新兴职业诞生，据说她们的名称也叫作'磨镜子'，古代的磨镜是以铜相磨，现代的磨镜是以肉相磨，新名词叫作'同性恋爱'。"

以"磨镜子"来形容同性恋爱，若是指男同志，倒说得过去，若是说女同志，实在远不如"磨豆腐"传神。

"磨豆腐"，绘形绘声，兼具谈情造爱之姿，实为上乘的俗语。

愚政进行曲

美国新君登基，全世界人民隔岸观赏当灶新主废除奥巴马医改的仁政，即时捏一把汗，急着兴幸自己不是美利坚人，更不是数千万没有医疗保障的美国低下阶层中的一员。就在我们还未尽情自鸣得意够的时候，美国新主便把德威普惠天下寒士，大嘴宣告退出《巴黎协定》，好让美国可以无忧无虑地任意作践地球。

大有为的昏君究竟是什么意思？

历史学家塔奇曼（Barbara W. Tuchman）写过一本很棒的书，叫《愚政进行曲：从木马屠城到越南争战》（*The March of Folly : from Troy to Vietnam*），罗列史上影响巨大的愚行。可惜塔奇曼已过身，否则若能把美国新君的昏庸举止收入书中，必令这本书增色不少。

塔奇曼说"愚蠢行为"有两个特点："事件的发生通常并未经过精心策划，其后果总是令人惊异。""愚蠢行为在事件发生后仍一如既往"，因此，"在对历史事件分析时，不要太过深刻，因为原因都是显而易见"："这一点往往被政治学家所忽略，因为他们在讨论权力的性质时，即便持否定态度，也总是极其虔诚的样子。"那些掌握权力的人，其行为"有时就像是普通人走进一人深的水里，非常不明智或愚蠢反常，与普通大众在正常的情况下时会表现的并无二致。权力的陷阱和影响欺骗着我们，赋予了其拥有者非同一般的地位。有着一头卷曲的长假发，穿高跟鞋和貂皮大衣的太阳王是一个容易误判、出错和冲动的人，就像你和我一样。"

有句话我们理当记住，"伟大的图谋在政治上极为罕见"，更何况，我们谈论的是一位只会做蠢事的昏君？

免费大学

将目前澳门的免费教育延伸到大学，份属人见人欢喜的好建议。这当然不是什么开天辟地的创举，月亮比我们稍圆一点的西方发达国家，早有一个又一个先例。法国、德国、芬兰等国家，大学门口就刻着洋文免费或几乎免费的字样——最多亦不过收取相当于澳门币一万几千元之类作杂费（比澳门一些中学的收费还便宜），便任人内进。这等国家免费的大学之门，惠及所有国民之余，还非常慷慨地招呼外国留学生。

免费大学，不仅对培养人才大有好处，而且能更进一步实现教育平等。

贷款给经济有困难的学生上大学，表面看似不错，但副作用同样显而易见。让一个还未工作的学生借贷，负上一笔可能是除买楼之外毕生最大的债务，这并不是什么好事情。

让我们听听来自美利坚合众国的呼喊声。三十多年前，有超过一半的美国学生能够获得联邦政府的资助（grants）而无须贷款（loans）来完成大学学业。到了对有钱人很慈祥的里根总统登台之后，情况便开始改变。政府缩减教育经费，要上大学，大多数人就只能依靠借债。时至今日，有超过三分之二的美国大学生要借钱读书，人均欠债两三万美元。欠债当然要还钱。美国失业率高，不少大学生毕业后找不到工作，生活更是雪上加霜。就算有工作，因为要还债，难免要降低生活质数。一些人又不得不放弃自己的理想或专长，找一份自己不擅长不喜欢但工资较高的工作（在澳门，最可能的情况是去赌场派牌顺便吸二手烟）。为此，一些人宁愿不上大学。

这样的状况，并不符合进步社会的整体利益。

圣上也照玩

"我穿过了整整千年的疯人院，现在叫作基督教、基督教信仰、基督教会——我提醒自己，不要让人类为自己的精神错乱负责。"尼采这番"敌基督"的讽刺言论算不算冒犯宗教信仰呢？马克思将宗教比作毒品，称"宗教是人民的鸦片"的说法又算不算是不尊重宗教呢？

假如宗教只容膜拜不许讽刺诙谐翻白眼，那么宗教无疑比封建王朝的天子更令人害怕。《太平广记》有个玩国君玩得很尽的故事。齐文宣帝与臣子说笑打趣，令石动筩讲讲自己的梦。石动筩开口就说：臣昨夜在梦里随陛下逛街，一不小心掉进一个茅厕里，爬上来之后多得陛下帮臣舔去周身屎。听罢这个公然辱君欺君的低级笑话，尽管"帝大怒"，但最终还是喜剧收场，未有加罪石动筩任何惩罚。

历史上，无论是亚洲还是欧洲宫廷，都遍布着像石动筩之类的弄臣（优人、伶人）。他们的存在不仅仅是国君的大玩偶，且还常常以讽刺、嬉笑、恶搞的方式，阻止圣上胡作非为。这就是古人所谓"讽谏"。每当朝廷内连那些所谓忠臣、谏官都噤若寒蝉的时候，往往只有弄臣够胆打破沉默。《史记》特别为这些地位低微的人物造像立传之余，司马迁还毫不含糊地送上高阶评价："岂不亦伟哉！"西哲伊拉斯谟（D. Erasmus）的表扬更无保留，认为只有这类人才会说出真理。

当普鲁士国王弗里德里希一世（Friedrich I）闻得自己

的弄臣死后被拒安葬于教堂，便马上下令将其下葬在教堂内，而且必须是靠近祭坛的地方。这是因为国王认为弄臣是"真理的传教士"，完全有理由获得这样的待遇。

识人好过识字

读到网上一篇文章，批评刚闭幕的新版电影节里千丝万缕的裙带关系。无意在此引述这些未经证实的传闻，倒是对该文的结束语指在澳门"识人好过识字"之说，仿若有家乡遇故知般亲切。

官员为亲友向其他政府部门的官员开口求职，假如只是仅此一次下不为例的义气举止，而不涉任何其他有碍观瞻的行为，坦白说，以澳门的标准，实在平常得教人不好意思计较。更何况为亲属求官求职，怎看都算得上是我们传统文化的一部分。

《官场现形记》第二十三回，贾臬司闻得郑州底下的黄河缺口，"漫延十余州、县"，即火速采取行动，百计千方要为儿子"弄一个河工上总办当当"。托抚台，拜中堂，再加上儿子聪明伶俐的作假本领，贾臬司终于得偿所愿，为儿子觅得一份"下游总办"的油水好工。至于宝贝儿子"一到工上，先把前头委的几个办料委员，抓个错，一齐撤差，统统换了自己的私人，以便上下其手"，则纯属后话，与本文主旨无关。

朝里有人好做官的金科玉律，在极少数有品位的高端封建王朝当中，才会有偶尔失效的时候。宋仁宗坐天下，有宫女走后门求升迁。仁宗回应道，此事无先例，朝廷不会点头。宫女不信，认为只要皇帝开金口，谁敢抗旨不从。仁宗笑道，既然不相信，那就不妨降旨一试。果然不出所料，圣旨一出，竟然无力威震四方，马上遭朝臣驳回。See？之后，又有不知好歹的宫女为加人工俸禄之事请仁宗下旨，结果遭臣子将圣旨原装退回来，气得宫女当着皇帝的面把圣旨撕掉。

宋仁宗被誉为历史上少有的明君之一，的确不无道理。

惩罚受害人

香港近日再次展示其作为极端资本主义典范的无比优越性，裁定一名七十三岁的保安员糊口犯法，入狱四个月。古来稀保安员为了生活，为了可以延续一份收入微薄的牛工，他用假身份证重返十年前的岁数。这个几乎不可能完成的长者生存任务终告东窗事发，银铛入狱成了社会对他一生工作最慷慨的肯定与回馈。

犯法就是犯法，有很多秘捞薄凉的高贵人士如是说。因为法律实在太神圣了，绝对容不下任何公义、情理、仁心的盘诘与质疑。香港是一个富贵到流油的社会，养肥了一只又一只据说单凭食脑就能发达的世界级豪猪。所以没有人会明白一个七十三岁本该退休的人，为何还得工作才能活下去？为何一个可能辛勤工作超过半个世纪的人，依然穷困？究竟，谁之过？

唐朝开国皇帝高祖李渊却会把这样的罪过独自揽上身。有次，差人抓到一名劫匪来见李渊。唐朝真不愧是唐朝，李渊也不愧是李渊，并没有随便一句"犯法就是犯法"了事，而是会去追究犯法的原因。于是李渊问劫匪，好人好姐为何做贼。劫匪老实交代说，"饥寒交迫，所以为盗"。李渊听罢，万分感慨地自责曰："吾为汝君，使汝穷乏，吾之罪也。"于是当堂释放了这名劫匪。

在香港这个只许富人任逍遥自在剥削而不许穷人辛苦糊口的乐园，李渊的故事未免显得太过封建余孽了。对啦，香港不是有解救"饥寒交迫"的综缓吗？为何古来稀保安员宁愿用假身份证自食其力，都不申领综缓呢？然而，当一个社会将一些人的不幸视作懒惰、低能的时候，你得忍受多少歧视与白眼才有勇气去领一份综缓？

《玫瑰的名字》

1932 年出生的艾柯（Umberto Eco）已于周前离世。再自然不过的生老病死，还是换来一片惋惜和怀念。无意尽录艾柯身上贴着的名片，只需稍稍提及一下这个几乎没有争议的光环就够——艾柯大概是当今世上最著名的意大利知识分子。

学者写小说，下场大都跟惨不忍睹和闷死人结缘，可是艾柯写的《玫瑰的名字》（*The Name Of The Rose*）却让人读来饶有趣味，并出乎意料地成了畅销书，全球卖出超过两千万册。尽管《玫瑰的名字》有一个由神秘谋杀案发展起来的故事，但却完全不像通俗小说般浅白、幼稚。事实上，《玫瑰的名字》更像一本特意为书虫而写的书（与拉伯雷的《巨人传》不遑多让），当中不仅布满中世纪历史、神学、哲学等方方面面的知识，甚至还放任拉丁文自由行，不做翻译。这样的书居然能成为大众喜爱的读物，又怎不叫人啧啧称奇呢？

法国名导演阿诺（Jean-Jacques Annaud）所改编的电影版《玫瑰的名字》（港译《魔宫传奇》），并不比原著逊色。也许就像意大利导演费拉里（Marco Ferreri）指出那样，原著里的对话是"电影式"的，因而在一定程度上为改编提供了方便。一方面，阿诺的改编，基本上只做减法，大幅删除了原著中不适宜在电影里呈现的内容（例如有关宗教教派历史的陈述）。另一方面，导演利用电影形象化的优势，强化了中世纪修道院的神秘、阴森、可怕的氛围。

《玫瑰的名字》的故事由两条主线交织而成。一是威廉修士带着徒弟阿德素来到意大利北部一所富有的修道院，准备参与一场关于"教会是否应该贫穷"的辩论；二是该修道院接连发生命案，几名年轻的修士先后遇害，威廉怀疑死者之死与阅读禁书有关。一如原著小说，阿诺在处理上述两条主线的时候，采用了稍稍不同的态度和口吻：对前者语多讽刺，对后者每多质疑。

无论小说还是电影，两者对宗教的批判立场始终如一。阿德素问威廉为何要禁止修士阅读某些古代书籍，是否因为这些用羊皮制的书籍"太过珍贵，太过脆弱"？威廉断然否定此一说法："事实并非如此。那是因为这些书籍蕴含一种有别于我们的智慧，而这些思想会鼓励人们怀疑上帝正确的教诲。"

或者，阿诺的电影不可能做到原著深度探讨问题的宽裕，然而比起小说来，电影无疑更为精炼，更紧凑，而且更易入口。

人类一发笑，上帝就……

艾柯的小说《玫瑰的名字》其实跟玫瑰一点关系都没有。全书唯一提及玫瑰的地方，仅仅是在小说结束时留下的两句诗："昔日的玫瑰以其名流芳，今人所持唯玫瑰之名。"到了电影那里，甚至连这句诗都不见了，却仍旧把《玫瑰的名字》作为戏名。无关就无关呗，反正作者喜欢而读者、观众受落就是。比起艾柯曾经考虑过《修道院凶杀案》这样直来直往的书名，还是《玫瑰的名字》多一份迂回，更惹人遐想。

有句由昆德拉发扬光大的犹太格言："人类一思考，上帝就发笑。"在《玫瑰的名字》里，艾柯却反向提出了一个"人类一发笑"的后果问题。几个年轻修士相继因阅读禁书遇害，威廉发现双目失明的图书馆馆长豪尔赫（Jorge of Burgos）就是凶手。豪尔赫为阻止修士阅读禁书，不惜暗中在禁书的书页的一角上涂上毒药。在这些禁书当中，包括有亚里士多德的《诗学》。当威廉质问豪尔赫为何害怕让人阅读亚里士多德这本书时，豪尔赫毫不犹豫地告诉威廉，因为《诗学》谈论喜剧，歌颂笑："笑能消除恐惧。没有恐惧，就不可能有信仰。不恐惧魔鬼，就不会再需要上帝。"威廉反驳道："即使消灭了这本书，也消灭不了笑。"

对于豪尔赫这个人物，无疑有值得一提的地方。五十来岁渐渐完全失明的阿根廷文豪博尔赫斯（Jorge Luis Borges），曾长年担任国家图书馆馆长一职，他的名字就叫豪尔赫。艾柯在自己的一本小书《玫瑰的名字注》里谈到这个人物："所有人都会问为什么豪尔赫这个名字引人联想到博尔赫斯，为什么博尔赫斯又这样存心不良。我不知道！我需要一个看守图书馆的盲人，而图书馆加上盲人，只能产生博尔赫斯。"英国小说家兼批评家大卫洛奇（D. Lodge）在英译本《玫瑰的名字》的引介上说，艾柯借豪尔赫这个人物向博尔赫斯致意。

我倒以为未必。在阿根廷的知识界，博尔赫斯并非是一个备受尊敬的人物。博尔赫斯反对贝隆的民选政府，却与军事政变上台的独裁政府眉来眼去，姿态相当丑陋、难看，因而名声不佳。埃科在小说里大胆以豪尔赫这个邪恶人物来影射博尔赫斯，恐怕是批评、讽刺多于致意。

《玫瑰的名字》有不少很有意思的对白，其中有两句格外超脱、出世、温柔，深受读者喜爱。阿德素问师傅威廉："在纯洁之中，最令你害怕的是什么？"威廉说："是匆忙。"

学位凌驾学问

撒开所有的政治争拗，不在此讨论陈文敏先生是否适合出任香港大学副校长。唯是远眼望去，见有港大校委会成员以陈文敏"没有博士学位"为由否定其学术资格，却无疑是一个最有资格竞逐年度最佳笑话的笑话。

社会越来越进步，敬重学位的人士越来越多，有学问的人也就越来越少。任何智商不低于三岁人仔的头脑都明白，学位是拿来混饭吃的，是最适合用来装身的养眼饰物。由小学一年级开始到弄上一个博士学位，知道一生需要浪费多少时间在考试上？如果把所有这些用来应付现代科举的时间拿来读书、做学问，情况会是怎样令人雀跃的光景？这个我不会算，你来。

这就是为什么两个可能是 20 世纪读过最多书的中国人钱锺书和陈寅恪，皆不愿意浪费时间拿学位的原因。好多年前，大诗人余光中便怀疑只有小学学历的莎士比亚是否够格在当今的大学觅得一份教授英语的牛工，又或者开设一门研究莎士比亚的课程。

当今大学有很多跟愚蠢斗豪放的规定，比如奉行"要么出版要么出局"便属此例。国际知名的人类学家、剑桥国王学院院士艾伦·麦克法兰（A. Macfarlane），质疑大学从美国进口这套以出版书籍多寡来衡量学问的标准，会扼杀那些不出版任何东西的饱学之士。他说当年在牛津上学时，几位最杰出的老师也只发表过一两篇文章。一本书都没写过的苏格拉底，就不配在大学教授哲学了？

　　顺带一提，就是这个麦克法兰促成了在剑桥国王学院桥头安放一块徐志摩的纪念碑。这块三吨重的汉白玉上面刻着《再别康桥》的诗句。

王子的言论自由

公开查尔斯王子写给英国政府官员的私人信件，对国外的好事者而言，可能不过是一则比娱乐版消息略为高级的八卦新闻，但在英国却惹来干政的非议。查尔斯经常就各种各样的事务以私人信件的形式向政府表达意见，在特别勤快的日子，这类信件甚至超过一千封一年。作为王位的头号继承人，查尔斯写给官员的私人信件无论如何都很难私了了事——事实上，所有这些信件最后都会送到首相办公室。那么，查尔斯王子的做法确实很难避过干政之嫌，的确令人疑虑。

既为王子，查尔斯对公共事务发表意见，不管私下还是公开形式，都有可能面临干政的指责。宪法禁止王室干政，这点毋庸置疑。然而，作为王子的查尔斯是否如同其他公民一样享有表达意见的自由？又抑或因王子身份而遭剥夺发表意见的权利？这确实是一道困扰公众的难题。或许公众期待查尔斯慎言、克制，但慎言、克制终究是相当空泛的含糊说法，难以界定。

在政体上，英国的君主立宪也确实存在一定的灰色地带。实际上，首相大人每个星期（通常是周二黄昏时分）都得到白金汉宫与女王会面，讨论各种内政、外交事务。女王与首相的定期会面，既无第三者在场亦无任何谈话录音和记录，究竟伊丽莎白二世私下说了些什么可能干政的话，公众无从得悉。

撇开干政的问题，查尔斯王子对保护环境、保护旧建筑公开而持久的关注，对生态农业、温和医学的提倡，强烈反对转基因食品，等等等等，处处显示其走在社会前沿的积极态度。

你们全体式的公众利益

奥威尔先生说过许多很恼人的话，其中有一句，就连从来不会光顾这支英国辣笔的饱学之士都爱引用："语言清晰的最大敌人是不诚实。"

政府有关部门要去马废除《街影条例》，除了递给公众一个"过时"的形容词，其余一概莫测高深。因为条例太复杂，公众未必明白？好了，普罗白丁终于明白了不让明白的理由。根据奥威尔定律，语言不清晰的良苦用心，离不开"模糊事实的轮廓，掩盖事实的细节"。

不想猜度中秋过后夹着含糊其词的秋波向谁送，然而可以肯定的是，对某些利益团体有利的公共政策，并不等于对公众有利。"你们全体"并不代表公众。

尼日利亚作家阿契贝（Chinua Achebe）写过一个很有味道的寓言故事。一群雀鸟受邀去天上参加一场盛宴。乌龟很久没吃过好东西了，也想跟鸟儿一块去。鸟儿经不起乌龟的苦苦哀求，便答应了，并且每只鸟还拔下自己身上的一根羽毛送给乌龟。于是乌龟便有了翅膀，跟着鸟儿一起飞向天空。一路上大家高高兴兴，有说有笑。这时，乌龟告诉大家，根据古老习俗，每个宴会的出席者都应该临时起一个新的名字。虽然没有一只鸟听过这样的习俗，但毕竟乌龟是世界上爬过最多地方的动物，见多识广，听它说应该不会错。就这样，大家都有了一个新的名字。而乌龟起的新名字与众不同，叫作"你们全体"。

不久之后，大家终于飞抵天上。琳琅满目的美食，是乌龟做梦也想不到的。当大伙儿坐下来准备开始用餐的时候，这时乌龟忽然站起来问主人家："你们这场盛宴是为谁准备的呢？"主人家热情地答道："当然是为你们全体准备的啊！"

神圣的合同

在商业社会，合同具有比《圣经》还要高阶的神圣地位，谢绝怀疑和微言，严禁搬弄是非。否则，天下大乱；否则，就会扼杀奸人的生存空间，为世道所不齿。

芝加哥一名年迈的寡妇，因家里的马桶渗漏，于是请承包商修理，费用为五万美元。老妇和承包商签了一份修理合同，首期支付两万五千元。当她前往银行提取款项时，好心的银行职员得知老妇提取大笔现金是要用作支付修理马桶费用时，便马上和警方联系。之后，警方以欺诈罪名将承包商拘捕。

许多分外有见地的人士认为，既然合同是在你情我愿之下签订的，就得按合同办事，老妇无论如何都得支付五万美元维修费，不容反悔。幸亏，我们还不乏一些会讲道理的和事佬，认为承包商的做法虽然有点那个却纯属无可厚非的商业行为——我们的社会不是一直在鼓吹牟利最大化的营商教条吗？于是有人情味的和事佬大概还会提出一个既有同情心又不会彻底违反神圣合同的折中方案：可怜可怜老妇，给她打个八八折收费，如何？

而唯有一小撮人，才会有哈佛政治哲学家桑德尔（Michael Sandel）那样的想法。桑德尔向来对形形色色的所谓商业行为很不友好，语多批判。桑德尔认为，即使合同是在老妇自愿的情况下签订的，却并不意味当中"包含了平等的交换和利益的对称"。桑德尔甚至从哲学的角度，提出"更具挑衅性的主张"：

"同意不是道德义务的必要条件。如果相互间的获利足够明确，那么，即使没有同意的行为，互惠的道德主张也可能站得住脚。"

　　写这篇文章其实别有用心，唯是胆子小不敢挑明影射对象，才决意向读者保密。

要先得白人答允

今届奥斯卡颁奖礼被指为带有种族偏见的白人之夜，是否过敏？是否反应过度？在美国，种族偏见从来都是非常敏感的问题。1960年1月20日，肯尼迪宣誓就任美国总统。在当日的就职游行中，肯尼迪居然敏感地发现一个细节——海岸警卫队中没有黑人士兵，于是肯尼迪随即下令展开官方调查。肯尼迪反应过敏吗？美国的种族问题可不只是敏感那么轻描淡写。不久之后，肯尼迪甚至不得不动用军队，保护一名黑人学生进入当时只许白人入读的密西西比州立大学。

白人之夜当晚，有份获提名数个奖项的塔伦天奴（Q. Tarantino）新作《八恶人》（*The Hateful Eight*）里有这样一幕：黑人 Warren 声称和林肯总统是笔友，身上还带着林肯写给他的信。Warren 的谎言很快遭揭穿，一个信以为真的白人 John 感觉很受伤。这时，Warren 对 John 说："你不会明白一个黑人在美国的处境。唯有在白人放下武器之时，黑人才会安全。而这封信具有让白人放下武器的即时功效。"John 当然不会明白，继续指责 Warren 满嘴谎言，不值一信。Warren 反问 John："白人，你要知道我为何要扯这样的谎话吗？问问你为何会让我坐上你的马车就知道。"

不用指望在林肯的时代，一个白人会让一个黑人共乘一辆马车，即使在20世纪60年代，在南方许多州仍属匪夷所思之事。一位地方检察官（L. Perez）甚至在最高法院宣告种族隔离违宪的时候，还公然表示"要将自己的一生献给种族隔离的准则"。他说："你知道黑人是什么吗？是刚刚踏出丛林的动物。"

60 年代，黑人民权运动高涨。1968 年的奥斯卡一口气提名了两出反映种族偏见、种族冲突的电影角逐最佳影片奖，一是《金龟婿》（*Guess Who's Coming To Dinner*），一是《月黑风高杀人夜》（*In The Heat Of The Night*）。两部影片都在不同程度上反映了"开明白人"、东岸自由派白人知识阶层看待种族问题的态度。尽管后者拍得更高明，但我以为《金龟婿》有更多值得讨论的地方。

Joey 结束了短暂的夏威夷旅程，并把刚邂逅的男友 John 带回家介绍给父母认识。John 是一名医生，与 Joey 一见钟情，并打算结婚。Joey 出身富裕的白人家庭，父亲是一家报社的老板，而 John 的父亲是一名退休邮差。出身不是问题，问题在于 John 是黑人。John 很担心 Joey 的父母会反对他们的婚事，而 Joey 却深信开明的双亲会接纳 John。然而，当 John 出现在 Joey 父母面前时，后者却是一脸震惊，难以接受。尽管影片有个皆大欢喜的结局，然而所宣示的却依旧是强者的思维和逻辑。片中，John 私下向 Joey 的父亲表示，如果得不到他的同意，就不会和 Joey 结婚。

好了，黑人要争取什么没关系，但大前提是要像有教养的 John 一样，先要征得白人的点头，否则一切莫问。

重罚苹果

苹果公司涉嫌逃税，遭欧盟课以过百亿美元的罚款。对于很会赚大钱又很会疯狂逃税的苹果公司而言，这笔远没有逃税金额多的罚金尽管伤不了多少皮毛，苹果公司还是照例呻吟、尖叫，并且发出令人惊栗的恫吓：缩减在欧盟的投资。

早在 19 世纪，狄更斯便在《艰难时世》里警告，任何对企业、资本家不敬的行为，都会让资本家受不了。狄更斯说："但凡有人要求送童工去上学，他们就会崩溃（真不愧是大文豪，居然会用上 ruined 这个准确无比的有趣字眼）；但凡有检察官派去工厂调查，他们就会崩溃；但凡有检察官质疑工厂机器是否真的不会伤人，他们就会崩溃；但凡有人暗示工厂不应老是弄出那么多烟雾时，他们更会彻底崩溃。"倘若有资本家"感觉受委屈"，"那就是说，当他觉得不能完全自把自为，而被要求对自己的行为后果负责时，他必然会发出可怕的威胁"："说他'宁可把他的财产倒进大西洋里去'。这话常常把内务大臣吓得魂飞魄散。"不过，狄更斯最后的补充总算抚慰了一下我们脆弱的心灵。他说，资本家毕竟"很有爱国心"，"迄今为止从未把他们的财产倒进大西洋"；"相反，他们依然足够仁慈，死死地守住自己的财产"，而且，财产更是"与日俱增"（increased and multiplied）。

企业、资本家逃税，转而让蚁民承担更多缴税责任，或许可以解释为看得起贫下中农，是值得大家骄傲的事。不过，我还是有点儿杞人忧天。据历史学家总结，就是因为财主逃税"猖獗"至完全失控的地步，导致国库空虚，从而成了罗马帝国覆灭的催命符。

加州的明星中学

位于美国加州喜瑞都（Cerritos）的惠尼中学（Whitney High School），人见人狂。这所万人迷中学，是加州首屈一指的公立学校（美国顶尖名校大都是收费昂贵的私立学校），凭着超优异的考试成绩，无敌得很寂寞。每年，从惠尼中学出来的毕业生，获得常春藤大学录取的比率相当高。

无数亚裔家庭（尤其是韩裔和华裔移民），便是冲着惠尼中学颠倒众生的光环，来到喜瑞都这座小城（也带挈当地房地产商赚到笑逐颜开）。要攀上惠尼中学高高的门墙当然不容易。为了让孩子能够顺利进入惠尼中学，家长可以不惜一切代价。也因此，当惠尼中学校长真是一件艳福无边的差事。有次，一位母亲来见校长，为在候补取录名单上的孩子争取机会："只要我女儿进惠尼中学，做任何事情我都愿意。"说时迟那时快，这位母亲随之关上了校长办公室的门，然后挨近校长，别有深意地凝视着他："任何事情。"

从某个角度看，惠尼中学的声望，至少有一半是建立在亚裔学生（校内亚裔学生占多数）勤奋、为考试甘愿牺牲一切的拼搏精神之上。得过普利兹新闻奖的记者休姆斯（E.Humes），曾在该校驻扎一年，试图深入了解这所名校，并拼凑出一幅并不令人感意外的图像：疲惫是学校典型的生活模式。惠尼中学的学生六点起床，凌晨两三点睡觉，中间清醒的时间全都放在课业上。要熬过疲惫的一天，就连十二岁的学生都习惯把咖啡当水喝。如果咖啡不顶用，一些学生要靠兴奋剂、毒品来熬夜。作弊在这些成绩优异的学生中同样普遍。

对绝大多数懂事的家长而言，只要孩子将来能进入顶尖的几所大学，上面这点小意思又算得上什么。

为难评审团

刚刚收起红地毯的第 71 届康城影展，其实蛮有意思。开幕那天，在评审团主席、澳洲女演员 Cate Blanchett 引领下，八十二位 #MeToo 抗议者一起踏上红地毯。这个数字，象征康城自创办至今，仅得 82 位女导演获邀竞逐奖项，而男导演却多达 1645 名。无论基于什么原因，这样的性别比差距，着实值得关注。

星光熠熠这个成语暨陈滥又平庸，但要是拿来形容今届康城还是非常合适，谁叫有那么多好导演都来凑热闹？单算亚洲导演便斤两十足，非常重称：计有韩国的李沧东（新作 *Burning* 改编自村上春树的小说）、日本的是枝裕和、伊朗的 Asghar Farhadi（《分居风暴》）和 Jafar Panahi、土耳其的 Nuri Bilge Ceylan，以及我们家的贾樟柯同志。

要把这些高阶导演的作品排个座次分个高下，已非易事，何况还有其他同具实力的竞争者，例如我曾经喜欢过而后来不怎么喜欢的 Spike Lee 和 Terry Gilliam（《妙想天开》），又或者是越来越像鸡肋的老顽童高达，又或者是风格多变（未定型？）的 Matteo Garron（意大利）和 Pawel Pawlikowski（波兰）。另外还有一个传说中的高手而我却对其一无所知的 Alice Rohrwacher（意大利）。

在高手林立的武林大会，最终要决定奖项花落谁家，肯定是一件很为难评审团的事。比较一下英国《卫报》的得奖预测和实际的获奖人名单，便不难想象当中的难度。《卫报》的预测除了两个张冠李戴外（比如 Alice Rohrwacher 的 *Happy as Lazzaro* 仅获最佳剧本奖而非金棕榈大奖），其余一概无一应验。

　　不过，话说回来，在几乎谁都够格染指奖项的情况下，争议会少很多。最终，评审团把金棕榈大奖送给是枝裕和的《小偷家族》。是枝裕和已拍过不少佳作，其中包括《谁知赤子心》《比海更深》《海街》《步履不停》等。是枝裕和在日本影坛的地位早获肯定。年前，我在早稻田大学校园，见到立有多名对当下社会有重要贡献的校友的大幅头像，是枝裕和亦厕身其中（却未见另一知名校友村上春树）。

总统的女人

法国新科总统马克龙是怎样一个人我们不管，倒是对总统与妻子年龄的逆差距，我们由衷地尖叫，毫无保留。

年龄差距一直是我们的爱情教科书里一盏奇诡的红绿灯。美国总统娶年轻二十四岁的妻子，我们高高兴兴地大开绿灯；法国总统娶一个年长二十四岁的妻子，我们以羞于为伍的手指力按红灯——这世界至少有一半人觉得马克龙败坏了男人的家声。

一句到底是法国人，以为可以概括法式的浪漫举止，其实未必。年前，奥朗德半夜三更逃出爱丽舍宫，坐保镖的电单车去会情人。这在其他国家，无疑是等同政治自杀的行为，但法兰西总统此举却赢得无数国民的好感，争相表态点赞。前前前前总统密特朗，有个私生女，法国媒体知之甚详，然而就连最八卦的小报都假装不知道，直到密特朗去世。

想当情圣，法兰西绝对是个落脚的好地方。

除开总统，法国总统夫人也非善类，奉行爱情大过天主义。前总统萨科齐刚登上总统宝座，老婆第一夫人的后冠才加冕，就马上宣告和总统离婚。这可不管，跟你完了就完啦，第一夫人我不稀罕，别拉着我就行。换个地方换个人，谁肯轻易放弃第一夫人这个令人艳羡的顶层楼上雅座？

希拉里就肯定一亿个不愿意，看看她胸前那塘滂沱的口水不难一目了然。有个很有名的笑话。话说克林顿开车载着希拉里去油站加油，希拉里指着那个油站经理对克林顿说：读大学时，我们是一对。克林顿马上很得意地说：看，若不是嫁给我，你现在只是油站经理夫人。希拉里随即说：亲爱的，如果我嫁给他，当总统的就会是他而不是你。

名厨食谱

名气响当当的美国肥佬大厨巴塔利（Mario Batali），涉嫌在菜里下迷药，借此性侵员工。巴塔利出版过不少食谱，一纸风行，不知里面有没有教人如何在佳肴中加入蒙汗药的美味菜谱？我怀疑有，要不然，怎会畅销得我每次想在亚马逊下单买他的书总没有现货供应呢？

身形与巴塔利相距甚远，但名字却颇有两分近似的另一位世界级名厨波杜拿（Massimo Bottura），数年前曾经出版过一部犹如艺术品的菜谱，书名不无自嘲成分，叫作《切勿相信瘦削的意大利厨子》（*Never Trust A Skinny Italian Chef*）。如果真的不能相信瘦皮猴厨子的话，那么肥胖厨子弄的菜就更不能让人安心了。

尽管体型庞大的厨师做菜一向予人更具说服力的感觉，但瘦削的波杜拿不仅文质彬彬，更有一种与众不同的大厨相。波杜拿写的烹饪书真令人错疑是文学家的闲笔，自嘲之余，还会顺带劫持一堆作家、艺术家的名字——例如安徒生、博尔赫斯、海明威、毕加索、史坦恩、波伊斯等——与菜谱一起上桌。

这就是文化，这就是修养。将之比较一下某些性喜装腔作势、盛气凌人的大厨（要是不明白我在说什么的话，请观赏一下内地电视台制作的节目《顶级厨师》中那个大厨评判吧），便知什么叫差别。

《切勿相信瘦削的意大利厨子》有道菜，名为"全世界的舌头"（All The Tongues Of The World），不禁令人想起一些恒久挥之不去、以讹传讹的说法。讹说西方人不吃动物五官及内脏、不吃动物的血，甚至不吃国人近年狂嗜的小龙虾和牛蛙，而这类食材，通通都不难在西方大厨的食谱中见得到。

落日余晖

几个月前，跟澳门作家谷雨隔空聊起石黑一雄小说 *The Remains of the Day* 的中文译名。该书通行译作"长日将尽"，也有译为"落日余晖"。虽然两个译名都配得上信达雅这头亲家，但后者更讨我欢心。因为原名重点落在 remains 上，译作余晖可能更妥帖。当然，这不过是瞎说，因为我只读过他的另外两本小说，一是英文原著 *The Buried Giant*（《被掩埋的巨人》），一是中译本《浮世画家》（*An Artist of the Floating World*）。

大概觉得我需要好好学习不该瞎吹，隔天就收到谷雨好汉慷慨寄赠的英文原著 *The Remains of the Day*。我也不负厚爱，迄今仅翻阅过第一页。没有读下去，得找个漂亮的理由敷衍一下送书人，总不能说最近上海天天下雨看不到落日余晖吧？其实，真正的理由也许是对《被掩埋的巨人》和《浮世画家》的失望。

《被掩埋的巨人》是一个关于爱的记忆、遗忘和巨龙的冒险故事。这样的好题材本来很吸引人，可惜，小说的内涵实在太浅、太薄。除了偶有若神来之笔的警句（例如："How is it possible to hate so deeply for deeds not yet done ？即：怎能对还未做出来的事如此恨之入骨？），你会发现石黑一雄根本无力承托这本三百页的小说。

《浮世画家》亦无力为石黑一雄翻盘。小说写一个名成利就的画家正步入老年的日常琐事。石黑既没有谷崎润一郎描绘琐事的才华，亦欠简·奥斯丁刻画日常的凌厉笔锋，读来甚觉沉闷。如果这两部小说可以拿来衡量石黑一雄的水平，那我只好认为评审诺贝尔奖的高人又当众表演了一次瞎眼。

　　当然，和赛珍珠比，新科诺贝尔文学奖状元还是略胜一筹，这倒是肯定的。

语文，不太妙

中、葡文面左左的选举法，是因为各行其是，还是因为翻译粗疏而导致卖相不佳，我们都有点蒙，不知找谁去问个水落石出。

其实我们早就习惯这种状况，只因我们的语文水平差得还轮不上我来插嘴。我们学习语文的理想，不过是用来拿去招呼赌客，跟文化一点关系都没有。所以中过一点儿文化浪漫毒的人，无法不仰慕电影《廊桥遗梦》（*The Bridges of Madison County*）里的一个场景。

暮色满满当当地盖着田野，吃过晚饭的罗帕特（Robert）和法兰西斯嘉（Francesca）一起散步。那是夏天最好的天气，热不逼人。落日余晖未尽，月亮初升，在地平线的另一头。悠悠然的气氛中，罗帕特似问非问道："你说这是草原还是牧场呢？"法兰西斯嘉轻轻地说："我想是牧场，那些牛把草都啃得短短的。"这时，罗帕特仰望越来越苍茫的暮色，喃喃地从嘴里飘出两句诗："The silver apples of the moon/ The golden apples of the sun。"（月出银苹果／落日金苹果）。法兰西斯嘉一脸喜形于色，对着罗帕特说："叶慈（W. B. Yeats），《流浪者安古斯之歌》（*The Song of Wandering Aengus*）。"罗帕特说："对，好诗，叶慈。写实，感性，优美，神妙，正合我的爱尔兰情怀。"

对此，董桥先生这样说："她发现他用短短五个形容词就把叶慈的风格说全了。她有点怕：怕得到他；怕失掉他。月色里的叶慈吹起她心中一丝甜美的哀愁。都说《廊桥遗梦》是廉价伤感；都说电脑世纪容不下离愁了；都说朱自清清华园的荷塘再也闻不到荷香，月色已经朦胧。真的吗？"

要糟践文化其实很容易，把语文弄得人不人鬼不鬼就是。

急聘：清洁工月薪一百万

澳门工人简直幸福到了天边。

有资方扬言，出大拿拿四万元月薪都请不到司机。资方也很客气，直言这份工作不易啃，"除了驾驶货车外，也要负责搬运，每日搬二十至四十转，每包重约一百斤的米，搬上没有升降级的唐楼六楼，工作极辛苦"。要赚点蝇头大钱总得付出代价的道理，我们都懂。但问题是这种考验体能极限的一脚踢工作，究竟有几个凡躯可以胜任？澳门这个出四万月薪都请不到司机的美好社会，自然得以无条件确立。

相信月薪一百万急聘清洁工的快乐日子也许离我们不远了。至于这份工的工作量则有点秘而不宣、轻微不够人道——例如一个人负责清洁、整理一家五星酒店的所有客房并兼水电维修。假如高傲的澳门工人连百万年薪的工作都不肯屈就，我们便只能迫不得已输入外劳或者外奴了。

不过话说回来，真搞不懂从前的工人为何特别能干、特别任劳任怨，甚至是富贵的美国工人也不敢例外。一百年前，美国作家德莱塞写的《美国悲剧》，里面有个叫克莱德的主人公，竟然会对一份每天工作十二小时、月薪仅十五美元的工作垂涎三尺。若时间再往前一点推就更不得了，即使是大英帝国七八岁的小子民都超级能干：每天早上 6 点到工厂各就各位，然后直到晚上 9 点才可以拖着发育不良的身体下班。无数此类好儿童的先进事迹，都在马克思的《资本论》里记录得一清二楚。至于为何能养育出如此能干的童工，是不是该抢先感谢资本家的悉心栽培呢？我们只好战战兢兢地猜想是。

急市民所不急

政府处事向来讲究原则，大方向是——急市民所不急。升斗市民热切希望政府能够解决房屋问题、高楼价问题，政府不是走数就是忙着低头开签无限期支票。普罗大众期待政府能交出一套切实、可行、有效的高官问责方案，哪怕眼前已有死人塌楼的悲剧，政府的说法居然是仍在闭门努力翻译中。

多么激动人心的理由。

我们当然能理解高效的政府其实很忙，也有所事事。好比近日，我们并不急于政府改革好坏仍属未知之数的市政架构，但政府急，还要大家陪着急。又或者好比早前，我们意图观察Uber此类新生事物的社会效益，政府却以迅雷不及掩耳盗铃的手法将之枪毙于萌芽状态；但是反过来，市民渴望政府认真对付已成顽疾的士司机违法以及恶劣的服务等问题，而我们仅能听到有个假人在楼梯上上落落，却仍旧见不得有真人出门亮相。

政府要忙碌的事情实在多得无法尽录。最近政府又要为一起影响交通程度轻微的游行事件而大张旗鼓检控。既然澳门政府是如此好心肠地忙于处理琐碎小事，我们就很难苛求他还能够腾出手来处理急民所急的正务。身为市民，我们只好放下自己无比狭隘的心，宽宏大量地接受政府无暇兼顾正事、急事的缘由。

也许我们可以思考一下上海作家毛尖所说的难题，畅想一回"如何在无限的荒凉中，依旧保持'乌托邦'这个词的可能性"，且又能"在'春尽江南'之后，留下'二十四桥明月夜'的想象空间"。

家长，拜托啦！

有件轻于鸿毛的琐事，这两天我都琢磨着是否该拿来祭祖。

上周，我在日本新潟的一条大街觅食，千万个不该，让我目睹了难得的一幕：一对爷爷嬷嬷级别的夫妇，带着孙儿样的幼童逛街。幼童年约两岁，是个女孩。女孩自己走路，没有牵着爷爷嬷嬷的手，跌倒后就一声不响地爬起来，爷爷嬷嬷也没有伸出援手，仅仅在旁盯着。

这可不是我平素惯见的场面。在上海，我寓目最多的情况是，一个幼童跌倒了，爷爷奶奶外公外婆四人马上同时扑上去救死扶伤的动人景象。幼童也很懂事，明白自己身矫肉贵，顿时以大哭失声来报答爷爷奶奶外公外婆救命之恩。换上澳门的一些家长，大概还会加插赖地硬项目：教导幼童批斗土地太坏，害得宝贝无故摔倒，痛足两秒钟。

年前，我家小孩参加了一个由日本人办的儿童（八至十一岁）足球训练班。训练班提倡快乐足球，以游戏为主，可还是让咱中国孩子觉得太累人，经常投诉这投诉那，而我们一些有见识的家长也忙着和孩子一齐起哄。中国家长展示爱心无限的地方当然远不止于此。中国家长酷爱在场边当教练，大叫大嚷指导场上的自家宝贝的足球技艺。每回训练结束，因为担心孩子会惨遭汗水淹死或缺水渴死而火速冲进球场为孩子送水送毛巾的家长，不用问，一定是爱子心切的中国人而不会是日本人。

这样单独褒扬中国家长或许会让人觉得我偏私。公平点说，美国家长也越来越有中国家长风范。美国青少年运动联赛便试图建立家长禁区、无声周末，以及奖励懂得克制的家长来减少父母在运动场上的滋扰行为。

唯有猪待人是平等的

五十年前的一月，丘吉尔先生虚弱得没有咬着他的招牌雪茄就走了。于是便有了近日海内外媒体语多恭维的回顾与纪念。其实要讨厌丘吉尔先生一点也不困难。伦敦国会大厦西侧的国会广场有座丘吉尔先生的雕像，实在没有什么比这个雕像能更好地反映前首相大人的个性了。丘吉尔先生的雕像左手插着衣袋，右手掌控着一根拐杖，仿佛随时要提起来指点江山。若然走到雕像的屁股后面看，你会发现"仿佛"变成了事实——丘吉尔先生的拐杖牢牢地把国会压在底下。

这就是真实得不得了的丘吉尔先生，傲慢、自负、骄横，甚至不可一世。此外，丘吉尔先生还是一个很有品位的种族主义者，睁眼看着大英帝国在自己的眼皮下衰落一定让他很揪心了。

不过无论如何，我还是很喜欢拿丘吉尔先生的读书经历说事，用作考试无用的人办示范。学生时代的丘吉尔读书成绩很差，考试经常肥佬。1946 年，丘吉尔先生在接受迈阿密大学颁发荣誉法律博士时说："大概没有人可以考试很少及格，却又能够拿到那么多学位。"

还有，不管丘吉尔先生是高兴抑或一肚子不高兴，他总有说俏皮话的好习惯。比如他会说："食言从来不会令我消化不良。"当然，丘吉尔先生的俏皮话不见得总是纯属首创，哪怕他还真得过诺贝尔文学奖。他说过："狗看高人，猫睨低人，唯有猪待人是平等的。"据丘吉尔先生的私人医生说，首相大人很喜欢奥威尔的《1984》，一读再读。有理由相信，丘吉尔先生也读过奥威尔的《动物农庄》，所以才有"猪"与"平等"扯在一块的妙语。

记住一张平凡的脸

通常的情况下，我们不会记得一副偶遇的面孔，除非特别漂亮，又或者是一张独家专卖个性的面孔。至于那些平凡得可供过目即忘、非常适合当特工的容貌，我们就不虚伪了，省心地不留下一片云彩。

桑塔格（S. Sontag）女士在其大作《论摄影》里，对摄影的负面暗角发过不少狠话，要避免自己吓唬自己的话，还是少引述为妙——例如她说："相机是某种护照，它抹掉道德边界和社会禁忌，使摄影师免除对被拍摄者的任何责任。"好在她的供词还包括"照片可能比活动的影像更可记忆"这样讨喜的说法。

七八年前，我去四川绵阳一所幼儿园当义工，看到一张非常平凡且非常中国的脸，即时有种无法言说的感动，便马上按下了相机的快门。这个有把世间万物甩于脑后的专注神情，很难让人忘怀。更因为有了"更可记忆"的照片，永远记住便不再是无人信仰的空话。

善待动物的同时

两千多年前，苏格拉底先生讲过一句不怎么载入史册的骂人话："当我见到某些人的时候，我就更爱我的狗了。"家里有养狗的人，大抵都会在某个遇人不淑的片刻，有过和大哲人相同的见地。

少时家里便养狗，到现在我仍是一只小狗的家长。喜爱动物的人，对虐待动物之事似乎格外气愤难平。半年前，有两三只流浪猫经常在住处小区里的一个小垃圾箱寻找食物。有天和孩子一起出门的时候，又遇见一只猫从垃圾箱里慌张跳出来。孩子提议去买猫粮，回来的时候喂它们。自此，孩子便承担起每天喂饲流浪猫的任务。有一天，我们在露台上看见一个为邻居大装修的年轻工人，笑嘻嘻地拿着石头投向那几头躲在树丛里的流浪猫。孩子很生气，希望我向邻居户主投诉，而我却试图为孩子清热降火，解释那个装修工人可能不过是一时贪玩未有考虑后果，不见得一定是心怀恶意。隔天，孩子为流浪猫准备晚餐的时候，那个装修工人碰巧也走过来看，我便若无其事地说了句"流浪猫也蛮可怜啊"。我不知道这句废话有什么用，但我以为要让整体社会接受善待动物的观念，需要潜移默化的时间，而不是以眼还眼的酷刑。假如那个装修工人因为打死流浪猫而获刑三年监禁，我会觉得人比猫更可怜。

有些事情的确需要时间去改变。我在上海认识一家瑞士人，也养了一只小狗。不久前知道他们一家要搬回瑞士去，便问怎把小狗带回去。原来携带宠物乘坐瑞士航空非常方便，只需要像人一样买一张机票就行。也不需要什么隔离、检疫，下机后就可以和小狗一起回家。我和我家小狗听罢一脸羡慕，不能不妒忌人家国民素质高。

天长地狗

家有非人类成员，千万千万勿以畜生视之，当正子女来供奉的态度比较合礼数，影全家福要有份出镜。

南京有妇人，与丈夫、儿子及一双养了七年的狼狗准备搬新居。

妇人恐防靓靓新居会遭狼狗弄脏，居然趁老公外出公干，炮制恐怖伦常惨剧。

妇人先把狼狗当垃圾般弃于郊外，当夜狼狗却自行摸黑回家。接着，妇人把狼狗送给远房亲戚，翌日狼狗就咬断身上绳子自行逃返老家。第三回，妇人又把狼狗送到比天涯海角稍近的表哥家，附以粗铁链锁身。狼狗无法逃脱，唯有绝食，整日饮泣。新主人见状，于心不忍，只好把狼狗送回。

真是闻者心酸，再无情，闹剧该到此为止，下集欠奉。

可恨妇人却选择恶向胆边生。

于是乎妇人请来四名大汉，齐向狼狗施暴，狼狗奋力反抗，众杀手难以靠近。其间，有杀手向妇人献计，曰"狗不咬主人，你来"。果然妇人亲将绳子绕在狼狗的脖子上，狗儿全不反抗，只是眼泛泪光凝望心狠手辣的女主人，直至一命呜呼。

老公公干归来，闻得爱犬惨遭老婆毒手，悲愤莫名，质疑"她的心怎么这么狠"，声言爱犬的死让他感到可怕，"老觉得她笑里藏刀，已经不敢再和她生活在一间屋子了，离婚是唯一的出路。"

我这一向奉行"宁教人分妻，莫教人打仔"。

没有恻隐之心的人，不值得同床共寝。

上下其手的翻译

敌对的球迷——尤其是巴塞的球迷，经常在球场上大声嘲笑摩连奴，声声"翻译""翻译"地叫。摩连奴在执掌球队主教练之前，确曾是名教头云戈尔和笠臣的助手兼翻译。据说，会讲好几种语言的摩连奴，常常借翻译之名，向球员传递教练根本没有说过的私话。多得假传圣旨来实践自己的一些足球理念，让摩连奴从一个九流球员出落成一个顶尖的教练。

当翻译，确实可以瞒上骗下。曼德拉丧礼上的那个冒牌手语翻译，事后令全世界人民足足开心了大半天。史提芬史匹堡（斯皮尔伯格）的电影《断锁怒潮》（*Amistad*）里，律师找来一位语言学家充当黑奴的翻译。黑奴根本不明白翻译说什么，翻译也不懂黑奴的语言，却装模作样地翻译起来。

翻译可以上下其手，正经到没人敢掩耳不听的学者会说，翻译与权力息息相关，分分钟可大，秒秒钟可小，玩不得。

长久以来，《怀唐伊条约》（*The Treaty of Waitangi*）一直被视为新西兰这个国家诞生的象征。然而，正是这份如此重要的条约，却因为中间人有意为之的不实翻译，搞到新西兰几乎永无宁日。

1840 年，大英帝国指派威廉·霍布森（William Hobson）代表英国王室，与五百多名新西兰的毛利酋长签订《怀唐伊条约》。为了保证毛利人能接受条约，负责将条约翻译成毛利语的英国传教士亨利·威廉（Henry William），故意使用了一些模棱两可的字眼。毛利人因为这个不忠不实的翻译而签订条约，结果，毛利人的权利却因为这个走样的条文而遭含糊地忽略掉。随后接踵而来的是殖民者与毛利人之间旷日持久的冲突。

一个翻译做成一个国家悲剧，或许亨利·威廉先生也未想过吧。

上床抑或说爱？

我们这代人，若想吸收一点儿当代中国文学的营养，大概没有几个人不曾从台湾文学中获益过。我上大学的时段，中国大陆刚刚改革开放不久，方块字里仍旧透着欲休还说的政治八股，而台湾作家的作品几乎成了唯一选择。余光中更是其中非要埋首亲近的作家之一。余光中能诗能文，且还是翻译高手。记得当年读他翻译的王尔德剧作《不可儿戏》（*The Importance of Being Earnest*）时，真是佩服得五体投地——余译大有达到足以和原著比肩的境地。

王尔德擅长玩文字游戏，到处都是一语双关的地雷，只有艺高人胆大如余光中者才敢以身试译，化险为夷。然而即使如此，余光中也有力有不逮的时候。例如第二幕，Jack："Well, that is no business of yours." Algernon："If it was my business, I wouldn't talk about it. It is very vulgar to talk about one's business. Only people like stockbrokers do that, and then merely at dinner parties." 面对 business 这个双关语，余光中亦只能移花接木、勉强招架，将之一一化作关系。杰克："哼，这跟你毫无关系。"亚吉能："要是跟我有关系，我才不讲呢。讲关系最俗气了。只有政客那种人才讲关系，而且只有在饭桌上讲。"换作我，会自作聪明直接保留 no business of yours 这个英语熟语（反正大多数人都懂），那就能够完全承继王尔德的诙谐了：

"要是我的生意，我才不讲呢。讲生意最俗气了。只有经纪才讲生意，而且还在饭桌上讲。"

和余光中比，其他人的译文实在差多了。记得内地有译者一见 to make love to her，就连忙译作"和她上床去"，而余译则为"跟她谈情说爱"。原著写于 19 世纪末（王尔德最初设想的背景更是 18 世纪）一个非常保守的时代，"上床"，未免猴急了些。

上一品名校的花红

家长千方百计，甚至不惜一切让子女挤入名校，绝对是有见地的举止，不含任何非理性的有毒成分。上名校的好处有如过江之鲫，远远不止是让家长面上有强光那么简陋。只要系出名门血统纯正，无论你不过是个擅长读死书的尖子或是精通考试的优秀人才，抑或品格异乎寻常的高端精英（例如那位看室友不爽便下毒杀人的复旦高才生），一概都能赢得社会浓情厚谊的封赏。

一品名校的毕业生，自有锦绣前程免费开路，即使不济得天下无双，都会有幸被误作大智若愚。相反地，那些来自无名无姓学校的学生，几乎就连当个正常人的机会都遭剥夺，而且严禁投诉。

很多人都看过《猜火车》（*Trainspotting*）这部奇葩电影，也许还记得当中的一幕：处于社会底层的吸毒小子，冒充名校毕业生填写假学历去应征。其实原著小说对此事的描写更为细致详尽（原著以苏格兰腔英语写成，如 I 写作 Ah，just 作 jist，阅读难度不低，石一枫的中译出奇地传神、生猛、有趣，足以跟原著比画）。面试时，出身自普通中学的吸毒小子墨菲满不在乎地说："我之所以把 Heriots 中学写入履历，是因为这样能帮我找到工作。这儿的歧视太多了，你们这些穿西装打领带的家伙，一看见 Heriots 或者 Daniel Stewarts 又或者 Edinburgh Academy（上述皆为苏格兰著名中学）的毕业生，就会给他们好工作。我的意思是，你们会说'啊，Craigroyston（墨菲曾就读的中学）的高才生'吗？根本不会。"这时，面无表情的招聘人员不得不戏真情假地向吸毒小子保证，"没有学历歧视"，他们"重视的是能力而非学历"。

　　说的真感人，只可惜没有一个家长会上当。

谁高兴拆掉爱都？

坊间有许多原爱都酒店建筑或留或拆或改建的意见，我以为最无礼的是那些轻言拆掉的说法。眼下的澳门是保留得太多旧建筑，以至于我们总想行使一下二世祖风范——少一幢就少一幢呗？还是因为澳门已经拆得太多太多，以至于我们不得不向旧建筑伸出援手，救一件得一件？

看二十世纪五六十年代的香港电影常常不经意地呈现的澳门风貌，你只能痛心地发现，昔日的澳门景物早已凋零，历史几乎遭清洗得一干二净。电影《天长地久》（1955）里的白宫酒店、《金枝玉叶》（1959）里的中央酒店、《老衬行大运》（1963）里的新豪大酒店、《铁金刚狗场追凶》（1965）里的金舫酒店、《八个凶手》（1965）里的彩虹别墅（小旅馆，70年代末我念中学时还安在），以及在众多电影里出现的国际酒店，如今早已灰飞烟灭。如果我们还准备向爱都施毒手，那么，《八个凶手》里的爱都酒店、《清明时节》（1962）里的新花园夜总会、《铁金刚海空夺宝》（1965）和《金石盟》（1963）里的新花园前的街头，也将永远成为澳门人无迹可寻的历史，一个永久失踪的记忆。

回头看香港的老电影，有心肝的澳门人自会慨叹往昔的景物为何消失得如此之快？如此堂而皇之？《毒天使》（1966）里的死牢（镜湖马路顶的监狱）、新口岸游艇俱乐部、水坑尾的工人医疗所；《金枝玉叶》里的域多利戏院、内港码头；《痴男怨女》（1964）里的路氹轮船码头；《追凶记》（1965）里的红宝石餐厅；《八个凶手》里的茶座；《铁金刚海空夺宝》里的新口岸泳棚；《暴雨红莲》（1962）里的圣若瑟中学；《良心》（1961）里的吴灵芝学校，等等等等，如今都去了哪里？

　　面对旧建筑，澳门人理应心怀谦卑，少来一点粗暴与野蛮。

天各一方

自由恋爱横行，却照样盛产各款同床异梦挞友、夫妻。

大者心灵，小者嗜好，一律挞行挞过，摆明天各一方：一个住地球，一个客居火星。

高达早年的名作《断了气》（*A Bout de Souffle*）里有个小节很能说明状况。

型仔无赖尚保罗贝蒙多与美少女珍茜柏说情做爱。枕边人耳语，爱读书的珍问尚保罗可有听过威廉·福克纳（William Faulkner）之名。尚保罗不知何方神圣，却以为是茜柏的旧男友，随口反问一句："你跟他上过床呀？"

影片拍于1959年。而当阵的福克纳该是继海明威之后最出名的美国小说家（1950年获诺贝尔文学奖），高达借福克纳之名放进电影小节里，轻轻一笔，将两个主角的距离写得一清二楚。

现实的版本，从不比电影情节失色走样。

19世纪巴黎有个卖颜料的小商贩唐基，未成名前的莫奈、高更、塞尚都帮衬他，买的时候少，赊的时候多，唐基从不摇头。唐基爱画爱得不得了，挂在店里的画，总舍不得卖，只顾自己欣赏。只是唐基家的那头老虎妪可没有这份心思。

一日，有顾客看中店里的一幅塞尚苹果静物画。有老虎妪在场，唐基不敢乱开天文价赶客，仅开了个高价一百法郎，顾客却只肯出廿五法郎买一个无名画家的作品。讨价还价之间，老虎㜷向顾客建议，这张画共有四只苹果，卖一百法郎，既然只肯出廿五法郎，何不拿一只苹果。顾客不知是爆阴毒还是与老虎㜷一样混账，居然丢下廿五法郎，取走由老虎㜷用剪刀剪下的一只苹果。

天皇御厨秋山德藏

在日本，讲饮食的电视剧似乎格外受欢迎，其中又以《深夜食堂》《孤独的美食家》最受注目。上述电视连续剧都是以虚构的人物、情节加上真实的食物炮制而成：人物很普通，美食很庶民。相比之下，年前 TBS 制作的《天皇的料理人》，卖的却是高高在上的皇家口味。

此外，还有一点最为不同。《天皇的料理人》虽然据同名小说改编而成，但故事所说的天皇御厨却是实有其人。

真实世界里的秋山德藏（剧中人叫秋山笃藏，由佐藤健饰演），自二十六岁起便担任皇室料理长，曾为大正、昭和两位天皇服务超过半个世纪。秋山的成长经历相当励志，足以鼓舞任何伤痕累累的少年心。少时的秋山，忙于无所事事，做什么都把热度限定在三分钟之内，即使去当小和尚也没有来个顿悟的例外。直到忽然一天，秋山发现厨艺这门玩意儿，便一头埋进去。到处拜师，甚至远赴巴黎（那可是 20 世纪初啊）艰辛学艺。

《天皇的料理人》里有许多讲述秋山努力学习、不断在厨艺上精益求精的场景，可惜这部分戏拍来相当粗枝大叶，很难满足那些意欲窥探天皇厨房又或者以为可以从中偷师的观众。说来，这些都不是编导刻意栽花之处，人与人之间浓郁的亲情、人情才是这部电视剧有心插柳的地方。又因为拍得用心，效果分外动人。譬如，秋山的妻子把发现儿子在作文本上把父亲的职业从厨师改作开当铺的事告诉秋山，希望他能够把当天皇御厨的工作对儿子说明白。基于多种原因，秋山从不曾跟儿子透露过自己是御厨的实情，而儿子却一直误以为秋山是个不三不四的厨子、一个不负责任的父亲（妻子生病发烧，秋山非但没有照顾她反而离家外宿——但事实却是秋山担心会被感染并辗转传染给天皇）。从孩子不谅解到冲突爆发，到最后父子冰释前嫌，唇舌都没有多费，撩拨的尽是至深的亲情。

想借机知道多些烹调知识的观众，倒不如读一下秋山德藏写的书。我就是读了他的《味的散步》，才了解到并不是所有鱼都是即宰即吃才好。例如鲷鱼，"抓到时先把它敲昏，放一个小时后再享用才是最好的时机"。

伟大离澳门越来越近

澳门人在中国人聚首的地方一向认细，所以特别老实、低调，不兴好高骛远，不爱作大喜功。然而，自从澳门人暴发得可以在大庭广众下高声说话之后，我们便打定主意要改变一下不够派头的命运和性格。

万事起头难，第一步要做的事就是乱花钱的同时又要让人觉得理由冠冕堂皇。于是，我们以发足狂奔的速度兴办高等教育。本地生生源不足没关系，我们早就准备好胸怀祖国放眼世界，为全人类的教育事业做贡献。

担心澳门的大学不够大、不足以跟哈佛剑桥比较尺码的人显然是过虑了。很快澳门人就会拥有自己的医学院、电影学院。只要澳门人再勇敢大胆一些，不再小看自己，没有什么事情是澳门人办不来的。千万别拿研发火箭、送航天员飞离太阳系之类小事来刁难头脑发烧的澳门人，否则只会自取其辱——保守估计，不出三个月时间，澳门人就能创设航空动力学院等相关院系。

伟大离澳门越来越近，古代的说教故事也就离我们越来越远——我指的是从没读过的《南齐书》。

道听途说，《南齐书》好像载有这样一件事：南朝刘宋孝武帝建了一座七层高的庄严刹，明帝即位后又要认威，令人起一座十层的湘宫寺，自言是"大功德"。岂料有个没拍手掌却还要喷圣上一面的大臣站出来，责明帝乱花百姓的钱财，"佛若有知，当悲哭哀悯"，又"有何功德"？

还有一个故事来自我曾经读过几页的《续资治通鉴》。宋太祖开国之初，身边那些魔鬼都劝他建这造那来显贵，太祖却不以为然：我为百姓守财，岂可妄用？

就让他溜吧

内地媒体近期一再评论香港头号敛财大师李嘉诚先生犹抱琵琶半遮脸的撤资行动，当中无论是"别让李嘉诚跑了"，还是指其"好的时候同享福，遇到困难却不能共渡难关"等等说法，我都觉得有点儿强人所难。眼里只有钱、见利忘义正正是一个有道行的商人最令人敬仰的品质。要求李先生留下来"共渡难关"，无疑纯属非分之想。李先生要溜，就让他溜好了，何需费神摆告别宴？

李先生很精于算计，只要有钱搵，任何人都不必庸人自扰，担心他会真正开溜。更何况除了香港，恐怕再没有其他地方可以让这些土豪任意敛财的了。回归前的港府政策首席顾问顾汝德（L. Goodstadt）便指殖民地政府授予商界特权，以换取巨贾对政府政策的支持，从而"导致殖民地政府部门形成了支持商界的文化"。官商勾结、"官商同谋"由是形成坚不可摧的攻守同盟。长久以来，香港政府都拒绝引入竞争法和反垄断法，为巨商、财团谋取暴利、任意敛财大开方便之门。这样一块敛财宝地，李先生舍得视如粪土离开吗？

当然，能够成为富甲一方的财主，李先生盖世的赚钱才华无论如何都应该得到足够的赞美。所以我特别不喜欢史塔威尔（J. Studwell）写的《亚洲教父》这本书。

许多富豪都喜欢炮制童年吃尽苦头之后白手兴家的神话，李先生也不例外。偏偏史塔威尔却硬要捅破这些神话，并就此访问港大前校长、东亚华人史专家王赓武。王教授说"我从未见过一名苦力出身的商贾"。史塔威尔说李先生娶了个有钱的表妹做妻子，经营岳父的企业，还能从外母那儿得到"额外的经济支持"。

爱听歌剧的贪官

　　一位香港前高官涉贪受审，普罗凡人又有幸再次聆听到超高薪养廉养出来的奢华生活。花几十万元飞去欧洲看一场歌剧，的确是很有格调的高端做派。如果高官安坐的是楼上包厢而非楼下雅座，无疑会多添了两分十七八世纪上等人的贵气。

　　然而，这样还不足以成为一个真正的贵族。有上进心的人，首先得向贵族学习，养成看戏必须迟到的良好习惯。从前在欧洲，只有勉强买得起门票的中产阶级才会依时依候进入歌剧院，而坐包厢的贵族，绝对不会做这种有失身份的事。他们喜欢在演出开始之后才施施然进场，寸步走向包厢。法国大作家福楼拜先生便在《包法利夫人》里，挪揄过那位为看歌剧而提早走进剧院的包法利医生。

　　要成为上等人，听鬼佬歌剧、坐包厢、学迟到之外，还得掌握一点吐痰的技巧，才算及格。威尼斯曾经是欧洲歌剧的中心，有一段很长的时间，贵族和财主都喜欢戴着面具上歌剧院。戴着面具坐在楼上包厢的上等人，偷情之余，也会朝下层的人吐痰寻开心。

　　以为贵族像老鼠爱大米一样爱歌剧，很大程度是一场误会。当时，贵族拥有一家歌剧院，就好比今日的财主拥有私人飞机般，是身份地位的象征。就算穷得养不起一家歌剧院，上等人也会退而求其次，以长期租用歌剧院的包厢为荣。17世纪，一名英国驻威尼斯的官员便要求一位公爵为他安排包厢。

该官员坦承自己既"不喜欢音乐",也"看不懂戏剧",而他要求获得包厢的"唯一原因"是——能让他"很有面子"。

所以要扮作正牌贵族,是绝对不能认真看待歌剧的。

的士收费不可海鲜价的理由

如果有人开一家店，服务差态度恶劣兼夹精于随意加价，顾客会用永不回头来报答店家的厚爱。但当某个、某类、某一大片的士先生的服务水平再低处未算低的时候，市民除了发发牢骚之外，却无从在人海茫茫中找到正确无误的冤家来实施杯葛行动。结果是，全世界的的士服务都低于当地的平均服务水平，澳门的士自然打死也不甘以差得太过普通的服务质素来搪塞，以免败坏我们这个世界休闲中心的好名声。

据说，有些的士先生因为的士不能仿效酒店那样因应淡旺时段卖大包（我想车费打折应该不是行内人想说的话）或者加价而深感委屈：为何别人可以，的士不可以？不少评论认为，的士行业属公共服务，所以不能随意加价。这样说当然没错，但听起来却像是要的士行业牺牲一点小我来为人民服务，很容易令感觉委屈的的士先生更感上苍的不公。

事实上，的士收费不可海鲜价的理由是因为，的士服务是受法例保障的专营行业。理论上，任何人都可以开酒店或经营绝大部分其他行业，但却不是谁都可以买辆车上街做的士生意。更何况的士是占用公共道路来营生的，接受价格监管是理所当然的事。

目前的士行业太多的害群之马，无疑玷污了像黎先生这样的好马。几年前，老爸每周都要去医院洗肾三回，一家人因为上班时间而无法送院的问题而大伤脑筋。有朋友介绍揸的士的黎先生帮忙。此后有很长一段时间，便由黎先生风雨不改地从住处接送老爸去医院的，且又连一毛钱都不肯多收——这是多么吃亏的义举啊。

我跟黎先生素不相识，终于找到这次不算特别合适的机会来向黎先生说声谢谢，并祝福他和他的家人健康、快乐。

罗浮宫的硝烟

　　索科洛夫（Alexandre Sokourov）的电影总是与众不同。即使有时候我们可能会受不了那些有点自以为是的所谓艺术电影，但我们还是无法冷眼看待这位俄罗斯导演的才华。索科洛夫的新作《德军占领的罗浮宫》（*Francofonia*）（2015），再次提醒那些让好莱坞电影惯坏了的观众，电影其实还可以这样拍。

　　撇开《德军占领的罗浮宫》里说来话长的叙事形式（如果不嫌弃后现代这个词过时的话，可派用场），单就影片的历史视野而言，我们不得不怀疑究竟有多少同类电影能望其项背。在密特朗执政时期出任法国文化部长的雅克朗格，曾以相当感性的言辞来描述罗浮宫："要想跟罗浮宫这样神圣的魔鬼叫板，真的是需要翅膀。它是法兰西历史上最著名、最古老的宫殿之一，曾是历代法国国王和两位皇帝的居所，后来成为共和国政府所在地，又成为艺术殿堂。从中世纪建造，到一九四五年法国解放，一直是那些前所未闻的、荣耀的、悲剧的、首要的事件的发生地，如何不对此产生崇敬之情？在这里，法国的历史与其艺术和知识的历史紧密融合在一起。"

　　在影片里，导演借助"二战"期间罗浮宫的特殊场景，将历史、战争、艺术、权力等置于同一舞台上展示，彼此之间既是同谋又是敌人。当所有人以为德军掌管艺术保护部门的梅特尼希伯爵（Count Metternich）会以君临天下的姿态进入罗浮宫时，我们看到的却是相当审慎的谦卑（影片提到不少德军军官会说法语，且是法国文化的崇拜者）；当我们看到梅特尼希宣告德国会遵守《海牙公约》，保护法国艺术的同时（事实上，梅特尼希因保护过力，一再阻止将法国的艺术品运往德国而招不满，被召返德国；其后，因为希特勒讨厌现代艺术，有包括毕加索、米罗、莱热在内的约五百件"堕落艺术品"在罗浮宫旁接受火刑），我们却看到希特勒指苏联的艺术纪念物"不具意义"，遭德军无情销毁；当我们庆幸罗浮宫的艺术品得到侵略军相当程度的保存之际，影片却让拿破仑现身，告诉我们罗浮宫收藏的很多很多艺术品都是战利品，大都是他从历次对外战争中抢掠、搜刮回来的；诸如此类，这里没有简易便捷、非黑即白的二分法。

历史总比我们想象的要复杂得多，且经常颠三倒四，矛盾重重，电影《德军占领罗浮宫》为此提供了一个不同寻常的读法，一个无法回避思考的注脚。

静悄悄的叶兰飞吗？

那日，从马克思长眠的 Highgate 墓园出来，一如既往，伦敦的天色不好也不坏。往南走，穿过草树长得茂盛放肆的 Parliament Hill，不迷路的话，就能遇见奥威尔曾经住过的房子。这栋老旧的红砖房子，一点都不肯让岁月留痕，想必是精心呵护的结果。奥威尔在这里居住的时间不长，那本不怎么闻名的小说《让叶兰在风中飞舞》（*Keep the Aspidistra Flying*）的大部分内容都在此完成。

奥威尔在《我为什么写作》里说："我很小的时候（大约五六岁），我就知道，自己长大以后要当作家。在十七岁到二十四岁期间，我曾经想放弃这个念头。不过，我那时就明白，放弃写作是强暴我的真实本性，我迟早会安定下来，专门写书。"

这个奥威尔昔日的旧居，真是个适宜神人写作的桃源。一步之遥就是树林草丛，街道更宁静得教人不敢张嘴说话——一百米外的邻居进出，都能听得见关门声。不过也难免让人怀疑，这样安逸的环境真的适合硬汉奥威尔吗？静悄悄的叶兰真的能飞吗？

辗转归来的岁月

不久前，澳门老家清理旧物，扔的扔卖的卖。几十箱书也被我以斤计的方式，狠心地卖到不知是不是青楼的地方。我无胆逐一和书籍话别，只好默默祝福它们将来能够找到一个好归宿。

然而，抛弃旧物的事情发展多少有点离奇。很快，我接到表弟阿雄发来的短讯说，他有个喜欢收集旧物的朋友，在废弃物堆里找到一些老照相簿，发现有阿雄的身影在其中便告知。照片大都摄于 20 世纪 60 至 80 年代，当中既有家人、亲友，亦有不少中学时代的自己。有些依旧熟悉，有些已然淡忘。面对这些失而复得、辗转归来的岁月，不免喜从中来、百感交集。

不想再在此做伤感状了。总之，表弟，谢谢你和你那个神奇的朋友。

也因为收拾旧物，妹妹一再交给我的东西里还包括一袋父母为我留下的剪报。这些剪报，夹杂了好些骂我、教训我的文章，间接见证了我长久热衷张牙舞爪胡说八道的品性。这些都没什么值得一说的，倒是见到故友陈炜恒（陈渡）写于二十年前的一篇文章，不禁失笑。文章提到有回中午茶叙，"见到翩然而至的流憩小妹已经由仙风道骨变为瘦骨仙，大有斯人独憔悴的意味，陈渡欲给小妹的忠告是：'学会妥协'。陈炜恒口中的流憩正是石头公社的阿 J。我已好几年没见到阿 J 了，但我完全相信她依然是个瘦骨仙，依然是个不易妥协的人。陈炜恒若泉下有知，该会哭笑不得吧？

"学会妥协"当然不坏，甚至有时比不肯妥协好。然而，当我们体味过太多毫无原则的妥协之后，又不得不回过神来，仰望一下那些不轻易妥协的举止。

臣不敢奉诏

政府有意修订公务员工作表现评核机制，会不会是从一种不科学的形式主义，化作另一种同样不科学的形式主义？

政府部门一直以来都是擦鞋文化的重点保护兼开发基地，谁想坐地飞升，擦鞋是最明智的贵气选择。公务员团体担心擦鞋文化、"契仔契女文化"类毒瘤会因修订而进一步恶化，绝非疑心生暗鬼。其实，再怎般科学的评核机制，只要这个机制仅仅是从上而下且欠透明的单向作业，就难免滋生热爱擦鞋的上司和下属。更何况，在盛行擦鞋文化的官场，再好的评核制度都会遭上有好者所扭曲。与其修订徒具形式的评核机制，倒不如先行趁年晚大扫除，清理一下官场内长久不散的乌烟瘴气。

诸葛亮是中国历史上少数儿个才德兼备的神级人办之一，他老人家当年治蜀，为政之所以极得人心，皆因赏罚分明："公赏不遗远，罚不阿近。爵不可以无功取，刑不可以贵势免。"榜样早就在，何不学学？

向一位好读史书的朋友请教古人如何做正气好官之道，他跟我讲了一个出自《后汉书》的故事。听罢，我连忙翻书查证，向古人致敬。汉光武帝召见小时即有"任圣童"之称的臣子任延。据史载，任延"以政绩着，拜武威太守，吏民称之"。光武帝大概觉得任延做人不够圆滑，温馨提点他要"善事上官，无失名誉"。可任延偏偏不同意，认为做官应当"履正奉公"，而不是唯上官是从。这个任延不领情就算了，还驳光武帝嘴道："上下雷同，非陛下之福。善事上官，臣不敢奉诏。"

好个"臣不敢奉诏"，我们恐怕只能暗地干咳几声拉扯过去。

推广葡语的难度

本澳主流学校历来以英语作为唯一的外语课程，在澳葡政府时代如此，回归后亦复如是。

澳门人从小就学习英文（甚至未出世就接受英文胎教），但效果却是有目共睹的差。写不出一句有型的英文句子、说不出一口流利英语的大中学毕业生非常普遍。

先天上，澳门并不具备多少应用外语的环境优势，学习起外语来，难免事倍功半。即使在葡国统治年代，懂葡语即有政府优差恭候大驾的岁月，葡语亦从不曾在澳门主流社会扎根。绝大多数家长，宁愿花钱送子女上私立的中、英文学校，也不考虑让下一代入读免费的政府学校学葡语。

当年我就读的英文中学，初中时允许学生选择弃中文改而修读葡文，我就这样念了一年葡文低 B 班。结果，中学还未毕业，学来的葡文便已原装遣返里斯本。实际上，除了到政府部门办证，一般人需要接触、使用葡语的机会几乎是零——回归后更是彻底的零。这跟香港使用英语的情况有天壤之别。我曾在香港读书、工作多年，天天离不开英语。

英语之所以能在香港普及，原因很多。英国国力（再加上同是使用英语的美国）、国际化程度、对外贸易、城市规模等等因素，都对英语在香港的普及起着至关重要的作用。而香港具备的这些条件，澳门都重度欠缺，这就是为何葡语始终无法在澳门普及的原委，也是葡萄牙未能在前殖民地安哥拉、莫桑比克等地推广葡语的原因。

　　唯一的例外是巴西。巴西之所以能够广泛使用葡语，跟数百万非洲奴隶贩卖到巴西息息相关。奴隶不许说母语，只能跟着主人学讲葡语。

慷慨捐献

超级财主李嘉诚先生终于宣告退休，一个特别犬儒的香港朋友笑言，少了个极会赚钱的尊贵人士，说不定自己的钱包从此会有多点余钱，闲来可以支持一下澳门的赌业。

这个不三不四的说法，未免低估了李先生的智慧。李先生不惜冒儿子两人不和的巨大风险以及思想封建的恶名，也要把全部家当悉数交给长子一人。将自己打下的江山平均分给两个儿子，会大大削弱这个庞大商业王国的求财功能。数口奇精的李先生，当然不会做出这样不智的选择。

李先生的企业遍布香港各个角落，无论是住是行是衣是食，香港人几乎每天都得往李先生特制的巨型口袋送钱。经济学家林本利先生曾公开宣称，要在生活中避开李先生在香港近乎垄断的企业皇朝。林先生堂吉诃德式的螳臂挡车，不是在自寻烦恼自找苦吃吗？每天乖乖地给李先生奉献金钱不好吗？

羡慕他人富贵的情绪并不健康，甚至很不要得。但妒忌则不一样。我一向非常妒忌有钱人无私的捐献行动——明明是花钱买下，却怎可以谦逊地正名为善举呢？当年李先生斥资买下曾经培育过孙中山先生的香港大学医学院这块金漆招牌（再糊涂的人也知道，品牌是有价的，而且往往价值不菲），要求将之更名为香港大学李嘉诚医学院。这可是一桩明买明卖的交易，居然可以称之为慈善捐献。

做完一笔好买卖，还可以赢得善长仁翁的雅号，这种生意，谁不妒忌？ 17世纪英国作家约翰·班扬（John Bunyan）在《天路历程》里有个谜："凡是救苦济贫，凡是施舍穷人，家财分文不少，反得十倍酬报。"

捐献越多赚得越劲的道理，你明白了没有？

缘何浮躁?

一场 10 号台风,从政府到民间,暴露了澳门多少应对能力不足下的手忙脚乱以至人心惶惶?除了代价太大太惨痛,其实顺势治疗一下自回归以来因为钱多而感染的沾沾自喜与浮躁,应该不坏,免得糜烂到世纪绝症时才张罗,会不会太迟了?

对面海陶某人见邻居蒙难,抛下了句自作聪明的无聊、低俗话,澳门人没必要反应过度,更不要强暴对方母亲来泄愤。一笑置之无疑也是一种境界。

近年,香港人变得越来越浮躁,从前独自修成的自信和涵养,亦慢慢显得稀薄。如今的香港人是否只能依赖嘲笑邻人的不幸,来填补褪色的自我形象和优越感?又或者借此安抚一下不思进取、害怕被邻人赶上的惶恐?希望不是,但更可能是自设的心障。我有个香港好友,总爱拿香港和内地一些落后的地方(甚至山区)来比较,以彰显香港的优越之处,难道这样比较就能令自己活得更好、做得更好吗?

其实,香港依然有不少优势(尽管这些优势已不像从前般明显),依然有不少值得邻居学习之处(即使引以为戒的地方同样多)。与其妄想他人患病来促进自己的健康,倒不如做好自己无疑更有益、有意思得多。

无端端想起一句九不搭八的名言,来自胡兰成。他曾经这样形容张姑奶奶爱玲的气场:"就是最豪华的人,在张爱玲面前也会感到威胁,看出自己的寒碜。"好多年前,香港一个毛姓名人就说过一句澳门人未必受得落的实话：澳门和香港比，就像凉茶铺老板和李嘉诚比一样。

你本来就是张姑奶奶，怎会沦落到自贬身价的地步？

阿妈值几钱？

无论是已婚、未婚还是不婚妈妈，如果有人打算或者已经回家当全职母亲，那我只好残忍地告诉你一个足以动摇任何硬颈芳心的恐怖真相：当全职妈妈，"就等于与世长辞"。这个颇有台型的描述有点来历，源自安·克里滕登（Ann Crittenden）写的一本叫作《阿妈值多少钱》（*The Price of Motherhood*）的书。

当全职妈妈等于"与世长辞"的说法不难理解，只要认清"师奶"不过是正身"尸拉"的讹传，就会有恍然大悟的醒觉。尽管每个社会都对全职妈妈有某种大阵仗的颂词，但台底下谁都不会把尸拉当一回事。

培养、照顾儿女成长是一件伟大的工作——听得出有多少感人肺腑的言不由衷？实情是，尸拉的工作纯属义务劳动，一文不值。菲佣印佣的工资每月至少都有三四千，尸拉有吗？即使你是一只二十四小时随传随到的全能母鸡，凑仔、买餸、煮饭、清洁的水平抵得过三个家务助理，那你从事的依然是一份连最低工资都拿不到的无偿工作。如果你是辞掉一份收入好的高阶职业而选择回家当尸拉，却万一有幸遇上离婚的时候，陪伴你的可能只有更深层次的懊悔与无奈。

所以《阿妈值多少钱》的作者很看不过眼，要为尸拉抱不平。克里滕登认为，尸拉承担培育儿童健康成长的重大责任，为社会输送未来栋梁，而整个社会却只会向尸拉揩油，将她们"排除在经济和社会参与之外"，给予零报酬和低微的社会地位。

那么，一个全职阿妈的工作究竟值几钱？按一位德国经济学家的计算，以欧洲的标准，尸拉的年收入应在二十万欧元左右。

裸不起

有人在故宫拍裸照，大家的评语都很弘扬体统。受害人故宫庄严宣告，这种行为是"对文化遗产尊严的破坏"；民众也顺势判个"伤风败俗、亵渎文物"的重罪，好洗脱自己在网上一再追看这些裸照所留下的道德嫌疑。

不就是拍几张裸照，受得起这样正气的罪名吗？

然而话说回来，国人疾裸如仇的观念还是非常值得敬重。若非如此，我们将会面临真真正正的文化危机——严重危害到"假正经"与"虚伪"这两个重要词汇的生存空间。很难想象，假如我们的文化失去这两个坚忍不拔的随身之物，我们还能凭什么仁义道德下去？

眼下西安历史博物馆正在展出从新疆出土的8世纪佛教壁画，当中包括有数幅全裸天神像。据讲，这几幅会导人脸红耳热的大尺度的裸像，吸引不到普天之下正人君子的眼尾关注，落得"展厅内几乎无人问津"的下场。

不要以为只有中国人才会厌恶这类伤风败俗的艺术。有个主宰意大利文艺复兴时期的艺术家，不管他化名假扮汉人叫米开朗或米高安什么的，总有人认得他无裸不欢的艺术。他常常把教堂弄得像青楼，到处充斥露械的神祇。后来有人受不了，硬要动手为这些画像和雕塑穿上衣服或遮羞布。

有段时间，我经常路过大阪天王寺的一心寺。这座融合现代与传统的宗教建筑物前，有两座巨大的全裸天神雕塑。远看，威武非凡；近看，却原来是两件太监——那话儿呢？

希腊学者古希尔（S. Goldhill）坚称："古人展示勃起阴茎图像的大方态度，与今人东遮西掩的焦虑，实在天差地别。"

手的歧视

真正喜欢读书的人其实不多，可是几乎所有人都糊里糊涂渴望上大学。大家的目标出奇的一致：混个学位，将来找份好工。在当下社会，这是一种既现实又值得有限尊重的正路想法。只可惜，这样子又不知糟蹋了多少手巧心灵的人才。

社会普遍歧视、看扁匠人、技人、手艺人，与他们社会地位不高、收入不多相关。认为这些人不如大学毕业生（甚或博士）的想法，实在非常幼稚可笑。制琴师斯特拉蒂瓦里（A.Stradivari）读书不多，就连写封信都满布错别字。然而，就是这位意大利巨匠制造出三百年来最好的小提琴，迄今依然无人能超越。谁敢说斯特拉蒂瓦里就比不上我们那些大学毕业生？那些硕士、博士？

别开玩笑了。秋山利辉是日本著名木匠、"秋山木工"的创办人，他制作的木家具，国会议事堂、宫内厅、迎宾馆都要拿来坐镇才安心。秋山只上过中学，而且是班上首屈一指的超级笨蛋——直到初中二年级才学会用汉字写自己的名字。据这位笨蛋自揭的老底称："功课不好，那么总该有其他方面的长处吧？比方说，跑得快，或者擅长音乐之类的？可惜的是，我中学毕业的时候，连跳箱都没有跳过去，长跑也比别人整整慢了一个圈，一点运动天赋也没有。此外，我也不会画画，还笨嘴拙舌。"

还有，秋山开办的木工学校，所倡导的是"一流的匠人，人品比技术更重要"。比起当下我们只看学生考试分数的所谓教育，秋山的教育理念无疑优胜得多，难怪会吸引到不少名校大学毕业生希望拜在秋山的门下学艺。

这里有讽刺

法国一份喜欢恶搞的漫画周刊遭血洗，十二条鲜活的人命当堂报废，当中包括三位著名的漫画家。习惯各打五十大板的言论通常都会比较不那么偏见，于是便有舆论将一个原本黑白分明的是非——血腥恐怖谋杀，导向一个模糊的、得体与否的领域——讽刺他人的宗教信仰是一种冒犯。

言论自由当然有底线，讽刺或许也有底线，但问题是什么是讽刺的底线？讽刺的底线在哪里？哪些是神圣不可讽刺的权贵？哪些是生人勿笑的禁区？

翻开古今中外的文字言说，满耳都是嘲弄人不眨眼的讽刺。大家熟知的中国成语，其中最有趣的部分莫不典藏讽刺。自相矛盾、叶公好龙、守株待兔、掩耳盗铃、杞人忧天、空中楼阁、画蛇添足、邯郸学步、井底之蛙，等等等等，皆为人人乐用的四字真言，用家无分贵贱正邪。

在讽刺无所不在的世界里，宗教自亦不能幸免。我读过的第一本讽刺宗教的小说，是18世纪法国文化巨人狄德罗所写的《修女》。书的具体内容早忘了，只记得修道院女院长引诱小修女的一幕，写得很细致，又接吻，又摸胸——好像还摸了其他部位。

社会主义者萧伯纳喜欢讽刺宗教，而宗教大护法切斯特顿（G. K. Chesterton）则更爱讽刺萧伯纳。切斯特顿是讽刺大师，一条毒舌，足以令大文豪黯然失色："萧伯纳先生假如靠矛盾的谬论维生，他应该绝对是个众所周知的百万富翁，因为他的精神活力足以叫他每六分钟创造一个谬论。"我以为这就是文明人的过招方式。

《查理周刊》的总监曾经讲过，如果你要批判无神论者，也可以写文章可以画画侮辱他们："如果你不能画画，只要你愿意，我们也可以帮你画这幅画。"

将国家私有化

企业老板习惯了在自己的势力范围内扮演皇帝，任何一意孤行的错误、愚蠢决定，都会赢得部分甚或全体手下的热情赞赏，欣然领旨。即使有异议，属下臣子亦只会以让皇帝舒舒服服而不至于龙颜大怒的方式进言。难怪有不少政治学者认为，资本主义与民主并非天造地设的一对——听过有私人企业老板会让员工投票赶自己下台然后另选新老板吗？

所以当企业老板入主白宫，很自然就会把一言九鼎、不容置疑、批评的皇帝风范，延伸到治国上。特朗普皇帝就是现成的好例子。皇帝的龙椅还未坐热，特朗普就身水身汗忙于清理门户，把抗旨的手下踢出金銮大殿；对于批评自己的媒体，皇上更是毫不手软地打击报复，将之拒于白宫新闻会外。当惯皇帝的人忘了自己是人民的总统（说不定是因为有超过一半美国人不接受特朗普做总统，让他更乐意当皇帝），也忘了白宫并非皇土，亦非自家的私有财产。白宫新闻发布会是让民众了解政府施政的重要渠道之一，排斥、驱逐批评政府政策的媒体，无异于要求国民偏听偏信。

媒体当然可以批评，而且理当面对批评。曾经经历过九任总统的著名白宫记者海伦·托马斯（Helen Thomas），当年就毫不留情地批评同行不加质疑地接受政府一面之词（后来证明是谎言），一面倒支持美国入侵伊拉克。后来，还是现今让特朗普皇帝最为冒火的《纽约时报》比较老实，就盲目听信政府从而支持出兵伊拉克之事两度向读者道歉，更清楚交代自己什么时候犯错、错在哪里。

特朗普登基，最高兴的应该是小布什了——从此可以摆脱最不受欢迎总统的恶名。

孔夫子传人

我自小讨厌考试，虽然已远离学府多年，却依旧与考试为敌，得闲无事踩两脚。

近排香港特区政府着力要向死气沉沉的教育制度开刀，搞新意思。当中一项新政，要求现职教师参加语文考试，以确认其语文能力是否足以授业解惑。

绝大部分在职教师视该考试为有辱尊严，声言罢考，一于杯葛。

我对教师敢向考试说不的行动，以加大力度支持之余，却戥这班孔夫子的传人尴尬。

够滑稽的了。

我们尊敬的教师不是喜欢与考试同床共枕长相厮守吗？从来我们的老师都爱用考试来将学生分等分级，绝不含糊：得一百分的学生叫优秀，有八十分傍身的学生叫作过得去；仅仅斩获六十分的学生叫庸才；连六十分都拿不到的学生则统称为垃圾。铁价不二。

暂且不说考试是否能准确评核学生真正的学术水平，然而老师先生阿 sir 全都掌握举一反三的窍门，充分利用考试成绩来信手审定学生的操行品格。

你不可能见过有考第一的学生拿丁等操行，也不可能遇上考试名列榜尾的学生会得到甲等操行的赏赐。

考试成绩与操行品格挂钩，无疑是现行教育体系中最叫人叹为观止的伟大发明。

　　你或许嫌我武断偏激，认为教师在审核学生操行时，除了参考考试成绩，也还会观察学生在其他方面的表现，这一点，我当然同意。比如说，一个考试成绩骄人兼夹爱在课堂上扮演植物人的学生，才会值得坐享甲等操行；否则即使是考试成绩名列前茅的学生，若老爱向老师提问题，就不可能赢得老师的欢心，乙等操行已属网开一面的恩典。

开豪车的青年才俊

不久前，京城有两名二十岁上下的青年才俊，分别开着各值几百万的法拉利和兰博基尼，怀疑因飙车相撞，其中一辆名车更是英勇报废。据现场不着边际的说法，两位毫发无损的肇事司机，无论是原先所称的"无业"闲人，还是后来改换名衔作"在校生"，都显得很淡定，有说有笑。旁人都看分明了：他们不在乎。

一个无业闲人，又或者是一名学生，可以让一辆几百万的名车壮烈牺牲，说是淡定，其实内心还是会纠结的、担心的。比如说，下一辆新车是否需要等一段时间才能到货呢？今晚改坐别人的车去消夜可能跟自己衣服的颜色不配搭怎么办？诸如此类，都是些会招人心烦的事。

中央电视台名嘴白岩松早前说，在中国，三十岁前买房子很奇怪。白名嘴自己在工作多年、不断搬家七八次之后，才买下第一套房子。我深信白名嘴暗示的意思可以这样解读：中国的房子很贵，三十岁前能买得起楼的青年才俊，会令人啧啧称奇，钱从何来？

三十岁前买房子很奇怪，那么，二十岁能买下比普通住房更贵的豪车算不算更奇怪呢？其实一点都不奇怪。以我在上海生活十年的接触和观察，开名车的青年背后总有个当官的或做生意的父母，而前者比例更高。稍稍例外的是那些二十来岁到三十岁左右开着宝马的女子，她们大都不靠父荫，而是凭自己的努力觅得如意土豪。

　　世情如此，大家千万不要假装唏嘘或者叹气。唯是日本著名教育心理学家河合隼雄有时会说一些很不近人情、很不讨家长欢心的话："毁掉孩子是父母最擅长的事。"

恋爱自由与公投

过去一个月，市面最畅销的心智莫如嘲笑大英帝国的公投。当然，我也是其中一个站在街边偷着乐看热闹的路人。

基本上所有嘲笑都忠于某些情理，甚至还略带两分哲理。确实，公投未必全然理性（马上吃后悔药的投票民众真叫人哭笑不得），公投的结果亦未必解决得了英国原有问题之余，还会带来新的难题——与欧盟的前任关系，恐怕会令英国更形孤立。可是，若因此而得出公投无用、无效、愚蠢的结论，在逻辑上跟反对恋爱自由没什么两样。

英国人投票决定与欧盟分手，彰显英国民众的权利和意志，却并不一定代表投票的结果必然是最佳的选择。同理，恋爱自由并不表示当中绝对不含盲目成分，也从来不能保证佳偶可以天成、冤家不会狭路相逢，更无法免除自由恋爱战士他日反目的可能。即使如此，难道我们就应该自信满满地据此认为恋爱自由可笑，不如父母之命、盲婚哑嫁、指腹为婚宜人？

梁山伯与祝英台以及罗密欧与朱丽叶的悲剧故事，原来有两种读法。一种是指控封建社会对个体追求爱情的戕害与扼杀；一种是反过来指责任何意图挑战父母权威的爱情等同自作孽，活该没有好下场。第二种解读方式，实在令人万分惆怅与惘然。

说今人的见识不如古人，未必无根据。蒲松龄爱写人兽恋之类惊世骇俗的故事，其中《聊斋志异》里的《青蛙神》便借一老者之口，鼓励"心爱"青蛙神十娘的昆生，婚姻大事自己做主（"此自百年事，父母止主其半，是在君耳"）。跨界的人蛙夫妻，尽管婚后龃龉一箩筐，但蒲松龄还是用心为这段自主婚姻写下让人艳羡的结局。

一吨鲍鱼与法国薯条

日前，内地报刊《南方周末》以整整一版的篇幅，认真驳斥"周总理用一吨鲍鱼款待尼克松"的"不实之词"。如此严肃对待这一吨四十几年前无中生有的鲍鱼，可见政治饭向来自有诸多九曲十三弯的延伸意味、不审隐喻，容不得胡乱增减菜式。

2003 年，法国谢绝小布什总统的诚意邀请，未有加盟美国的好人俱乐部入侵伊拉克，很让热爱自由和平的美国民众不爽。许多美国餐厅不再提供法兰西美酒、芝士和鹅肝。美国人的爱国热情，还引发一场法国薯条（French fries）的正名运动——既然法国不肯炸伊拉克，就不许法国薯条在美国到处开炸。两名共和党议员在众议院提出辩论，要求将法国薯条更名为自由薯条（freedom fries）。美、法原本就是口和心不和的拍背兄弟，关系由是更进一步插水。最终，两国关系还得靠一顿政治饭来平息。2005 年，小布什在布鲁塞尔美国大使馆设宴款待希拉克。席间，美国总统大啖法国薯条，法国总统则依足剧本心领神会地畅饮加州红酒。此外，希拉克更在主人家面前，含情脉脉地回顾自己年轻时在芝加哥一家餐厅端盘子的往事。自然，美国众议院的咖啡厅也让已遭驱逐的法国薯条，悄悄回到菜单上。

一顿政治饭固然可以示好，也可能因此反枱。法国国宴一贯隆重，旨在向外国宾客展示高端的法国饮食文化。一次，伊朗与法国就因为国宴上应否有酒而僵持不下。伊朗坚持要撤下所有酒精饮料，而法国则认为提供葡萄酒是法国传统，更何况已为穆斯林嘉宾准备了不含酒精的饮料。结果，哈塔米总统在最后一刻取消出访法国。

自杀专门店

法国导演帕齐斯·拉贡特（Patrice Leconte, 帕特利斯·勒孔特）的作品，看过的未看过的都忘了，只有《理发师的情人》（*The Hairdresser's Husband*）留在脑里坚守唯一的例外。二十年前看过的电影，不少细节仍留在记忆里（例如女理发师答应男主角求婚一幕），完全配得上历历在目这四个字。戏里刻画的那份隐藏在内心深处的迷恋，那份无声胜有声的爱，淡淡的，非常感性，也非常性感，绝对是爱情电影里最撩人的迷汤之一。

日前看了帕齐斯·拉贡特的一出近作《自杀专门店》（*Le Magasin des Suicides*），有种久违了的意外欢喜。说意外，因为《自杀专门店》是部动画片，而且是画出来的（不是电脑制品）；说欢喜，是因为影片灰得幽默，灰得有希望。

三岛（主角叫 Mishima，即三岛，在戏里拿着一把日本刀向顾客介绍切腹的自杀方式，显然有意要观众联想起切腹自杀身亡的日本作家三岛由纪夫）与妻子经营祖上留下来的一家售卖自杀用品的专门店。也许是因为做死亡生意的缘故，三岛夫妻和两个十几岁的子女，一家人都很忧郁（连女儿也常常喊着要自杀），万事悲观，笑口难开。这一切，都在第三个小孩亚伦（Alan）出生后，慢慢发生着微妙的变化。亚伦自出娘胎开始，就非常爱笑，令做父亲的三岛深感不安和困惑。整天快快乐乐的亚伦，为家里阴暗的气氛，带来了一点明亮和喜悦。最终，在亚伦的努力下，彻底改变了这个郁闷的家，改变了家族的传统——甚至将经营了几代的自杀专门店改成意大利薄饼店。

　　这是一出很有意思的动画片，幽默里总不忘包藏对生命的思考。

该说什么好？

南京有九岁男童承蒙养母用跳绳和水管毒打至满身血痕。知情者则提供了一个更为有气势的版本：行刑手法还包括蒸汽烫脚、钢笔戳脸。据说，自去年起，老师便经常在该男童身上发现有这样那样的伤痕。

用大刑侍候来教导孩子，常常受到某类人士的热情礼赞。这起事件再度提醒我们，以爱的名义虐待孩子的做法，遍布社会各个阶层。南京受害儿童的养父母都很有档次，一个是记者，一个是律师。然而一旦动起手来，这类高阶人士同样不愿输给甄子丹。

很多人听到"养父母"三个字就联想起另外三个字"怪不得"，绝对是思维混乱的反应。事实上，绝大多数受虐待的儿童都是由亲生父母亲手执行家法的，而且以狠死程度论，亲生父母并不见得比养父母更会徇私、更懂得手下留情。

男童的老家在农村，父母为了让孩子得到更好的教育，于是把孩子送交家住南京的高知亲戚抚养（男童的养母跟生母是表姐妹）。据报道，男童因为学习问题常遭家法侍候。事发当日，男童就因为回答不出阅读问题而遭养母爱心毒打。

有评论指，男童自小在农村长大，来到大城市上学后，由于城乡教育水平的差异，可能在学业上会面临各样的困难，出现跟不上的情况。即使如此，又有谁会批评男童亲生父母的苦心呢？自然也不会有人胆敢仿效澳门教育当局的轻松说法：家长务必放心，农村有足够的学位让孩子入学，何必赶城市的科场？

想让孩子继续在南京上学，亲生父母别无选择，只能把孩子送回养父母的家。男童也"很懂事"，早已原谅养母对自己的任何伤害。

不一样的总统

美国总统初赛，无法回收的垃圾候选人大不乏人。当然不止美国，我们这世界本就充斥着款式多样的平庸、愚蠢、甚至邪恶的国民事头，却独欠穆希卡（Jose Mujica）那样品格的领袖。

七十四岁的穆希卡 2009 年当选乌拉圭总统，到年前卸任的时候，仍获得高达 65％的民众支持度。曾经采访过穆希卡的英国《卫报》记者华斯（Jonathan Watts）写道："穆希卡邋遢的外表令人印象深刻。他穿着普通的衣服，脚下踏着旧鞋（其实是破了洞的运动鞋）。"这是好戏政客的伎俩吗？华斯的文章题目叫作《乌拉圭总统穆希卡：不住官邸，摒弃随扈，毫不奢华》。不住官邸，当上总统后的穆希卡仍旧住在自己只有一房一厕一厨的简朴房子里。没有随从不用帮佣，不讲排场的总统即使坐上公务车也总是坐在前座。

总统派头欠奉的穆希卡还将近九成的总统薪金捐出，其中相当大的一部分奉献给一个名为"合作"的互助建筑项目，该项目为必须独撑家计的单身母亲优先提供平价住宅。

这位总统不仅会出钱帮人建房子，还会出力助人修房子。有次，媒体发现穆希卡的鼻子上有一道伤痕。原来早前台风来袭，总统因出门帮邻居把遭风吹走的铁皮屋顶重新固定好而受伤。

政客总爱吹嘘自己似有还无的政绩，而穆希卡则更愿意在公开场合坦诚自己的失败。在国际层面，各国领袖都只顾强调国家利益，而穆希卡则更乐意谈论人类的整体福祉。

　　在穆希卡担任总统期间，乌拉圭国内人权状况还得到大幅改善，经济持续成长，国民实质工资上升，失业率下降。

不一样的招生

英国《泰晤士高等教育》最新公布的世界大学排位座次，美国加州理工学院再执牛耳，连续五年坐上主家席首座。早在1999年，《美国新闻与世界报道》公布其颇具影响力的全美高校排名榜，便把加州理工学院定为状元。最后，碍于多方的压力，排名机构不得不重新修订评定准则，把加州理工学院由原先的冠军降至第十。借用《华尔街日报》记者 Daniel Golden 的说法，此一改动，"其他传统精英名校才得以免遭一次没齿难忘的羞辱"。不过，该来的"羞辱"终归还是来了。

为何一所规模细细的理工学院能够压倒哈佛、耶鲁、牛津、剑桥这些名气响当当的大款，荣登世界冠军宝座？看看这所学校如何招生，或许能为我们提供一些有意义的教益。

每所学校都自称择优取录学生，但真实的情况却不外乎是唯分数、世家、裙带、金钱（富豪向名校作巨额捐款以换取子孙入读的例子多不胜数）是趋，而加州理工的招生制度则无疑显得很另类。加州理工的新生招生委员会除了工作人员和十六名教授之外，还包括十六名学生。让学生参与招生工作，既彰显学校的民主作风，亦表明校方对学生能力的高度信任。此外，常怀理想主义于胸的年轻学生，有助杜绝那些意图凭各种特殊关系进入校园的学生。

另外，加州理工并不会傻得仅凭考试分数来取录学生。每年招生委员会的所有教授，都会前往特定的地区，花上两三个星期和学生会面，借以评估申请人的"才情、天分和对知识的渴求程度"，而这些品质都是考试分数无法显示出来的。

不想吃素

朋友来沪，让我这个客居上海的冒牌上海人，怎般勉强都得掏腰包做东请客。我向有豪气不甘后人的恶习，于是拼命跟朋友推荐只需几十块钱便可埋单了事的两家小面馆。一家是位于古北的吉亨，专卖台湾红烧牛肉面；另一家在浦东的心乐，以大肠面称著。也不用太花心思张罗宣传口号，通常一句"这是我一生吃过最好吃的几家面馆之一"，便足以让任何不知世途险恶的亲友上钩。果然，朋友二话不说就选了心乐，这下子我比心乐更乐——心乐就在我家附近，连舟车劳顿都免了。

朋友很有教养，不会叫我难堪，一边吃着大肠面，一边呼噜呼噜地赞不绝口。临近清盘的尾声，朋友却不知怎的忽然做出了一件很不礼貌的事——居然说起吃素。在吃荤菜的烟花之地大谈素食，简直是亵渎俗人。更何况，这样做怎对得起为我们的口福而壮烈牺牲的猪呢？

对这类大是大非的问题，我绝少含糊（若非我早已大方结账，就会趁机命朋友埋单，或自理），不能不严肃对待。我说，那些拘泥于素食的所谓素食者，不过是高级俗人罢了。日本有个叫作高梨尚之的禅僧（曹洞宗永福寺住持），以精湛的素食厨艺（即精进料理）名闻东瀛。他在日本积极推广素食，其著作亦早有中译本面世。高梨认为："与动物、鱼类、贝壳并无差别，植物的生命同样尊贵。肉鱼不能食用，蔬菜却可以随便吃，这种区别的态度是讲不通的。对任何食材都不该挑三拣四糟蹋浪费，只要一视同仁，只要将食材最大限度利用，即使使用了肉鱼食材，我仍认为它是素餐。因此只要有这种无比感恩的心态，蔬菜也好，肉鱼也罢，大家在家里尽可烹饪享用。"

羞家的烂账

日前又有国人在飞机上练武，在头等舱内痛打一名六十岁的洋空姐。我不在肇事现场，也不打算听信任何又偏又倚的报道，只是凭常识妄自猜测：一个身光颈靓、坐头等舱的中国人，即使从未受过任何正常人的教育（我从不怀疑坐头等舱的应该都是识字最多的雅士），怎么也不至于动手打一个六十岁的女人。莫非有人生无法负载的屈辱？莫非有深不见底的国仇家恨以至不打女人不足以告慰在天之灵？除非往不成理由的理由处辩解，否则，名声在外的国民素质就只能平白再添一笔羞家的烂账。

上个月我乘澳航从上海返澳，坐在我后边的一位仁兄，屡经空姐劝说，依然坚持将自己的行李箱大刺刺地放在身旁的走道上。最后迫不得已，仁兄一边唠嘈地指责澳航空姐服务差，一边心有不甘地将行李箱放进上方的行李架内。我不准备透露这位仁兄口喷何种方言，免得殃及操相同语言的无辜者。

不过，对于仁兄箱不离身的做法，我还是给予深度的谅解和同情。毕竟飞澳门的航班上有老鼠，不可掉以轻心。年前，我同样乘飞机从上海返澳，飞机刚抵达停靠妥当，便有一队警察登机拉人，将一伙空中大盗当场擒获。据我从警察交头接耳偷听回来的小道消息，这伙人都是来自内地某一省份的惯匪，多次在航机上作案。

不妨为那位仁兄设想一下，假如他的行李箱满是百万计、准备来澳门豪赌的现钞；又假如这些钱是贪赃枉法得来、被偷了也不敢报警的民脂民膏，仁兄除了尽力箱不离身地用生命保护人民财产之外，还有什么法子可想呢？

状告哈佛

十月的一期英国《经济学人》杂志，载有一篇题为《模范少数族裔失去耐性》，内容指亚裔学生考试成绩优秀，冠绝美利坚合众国，却屡遭哈佛等名校拒绝入学申请。亚裔终于忍无可忍，连同多个组织发起行动，状告多所常春藤大学种族歧视。

这是一个由来已久的问题。从前，犹太裔学生考试成绩优于白人的时候，名校便加设了多重关卡，以阻止过多的犹太人进入校门。无论学校如何狡辩，都难逃种族歧视的指控。

长久以来，包括哈佛在内的一流学府，都从不曾将申请人的考试成绩作为取录的唯一标准。往坏处看，这样做有利于学校为权贵、富豪、名人、校友的子女提供特别通道；往好处衡量，却又有利于学校吸收各种各样的可造之才，而非仅仅是考试机器。

林书豪来自很普通的家庭，在公立学校上中学（美国最著名的中学几乎清一色都是收费昂贵的私立学校），学业成绩平平。林书豪没有申请入读哈佛，而是哈佛主动向他伸出无数学霸梦寐以求却无法如愿的橄榄枝，并提供全额奖学金。结果，林书豪顺利拿到经济学学士，成了迄今为止唯一一位拥有哈佛学位的 NBA 球星。

亚裔学霸不获常春藤大学录取，除了种族歧视的因素以外，一位著名中学的大学申请咨询部门的负责人道出了当中的原因。她说，著名大学的招生主管常常抱怨亚裔学生的履历几乎千人一面，难分彼此，"鲜有卓尔不群的个性特征"："每个孩子都上过音乐课，每个孩子的数学都很出色，每个孩子都到医院做过义工。于是，你只能一遍又一遍地写相同内容的推荐信。"

高才生与杀人犯

毋庸讳言，我们常常会为表象所蒙蔽。若单从表面观察，我们的社会看似有病、我们的教育貌似颇有问题，但其实它们真的很有问题，而且的确已病到六神无主。

日前，上海高院驳回复旦投毒案被告林森浩故意杀人罪的上诉，维持一审时的死刑原判。事缘2013年愚人节前夕，复旦大学医学院研究生林森浩在宿舍房间的饮水机投下剧毒的二甲基亚硝胺，导致同为医学院研究生的室友黄洋中毒死亡。对于林森浩的行为，又有几个普通的或者不普通的脑袋能够理解的呢？

据调查，林森浩与黄洋虽然话不投缘，却无特别过节与深仇。林森浩曾研究过二甲基亚硝胺，对其毒性可谓一清二楚。那么，林森浩究竟仅仅是因为生活龃龉而动杀机？还是一如他辩称那样，不过是愚人节的玩笑？如果是前一个原因，那么林森浩比恐怖分子还要恐怖；但如果后一个理由属实，那么这位复旦研究院高才生的头壳究竟是怎样教育出来的？拿一种目前医疗手段无法应付的毒物来跟自己的同学开这样高阶的玩笑？

我们的社会除了教学生拿分数赚学位之外，究竟还教了些什么？

在我家工作多年的上海阿姨，前几天跟我讲了一个很感人的买楼故事。阿姨的弟弟有个80后的儿子，年前拿到博士学位后便当起老师来。最近博士儿子看中了一套房子，想买，于是回家给父母摊派责任：父母要负责交付首期。儿子很体贴工人阶级父母未必一次能全数拿得出六十万来，声言只要父母尽力就行，不足的数目由他暂时垫支。不过垫支的条件是父母必须写下欠款借据，绝对不可赖债而失亲情。当然，为免父母想歪，物业主权由儿子挨义气独力承担。

白宫里的黑人

Never Trump 成功入主白宫，让全世界苦恋热闹的人民非常担心未来总统的安危。历来，白宫的雇员大都是黑人，从厨师、花王、招待、门卫，到电工、木匠、维修工等，一概如是。让一件充满偏见的巨型种族主义者在白宫里头跟黑人朝见口晚见面，不知道在新科总统眼里，这些人算不算威胁国家安全？何况，白宫还真会"窝藏"黑人"谋杀犯"。

1970 年，住在乔治亚州的玛丽刚满二十岁。一晚，她的堂弟与一对男女争执，对方拔枪，玛丽为保护堂弟意图夺枪，枪走火，击毙该名男子。玛丽被控谋杀，获判终身监禁。玛丽一直坚称自己是清白的，而时任州长的卡特与妻子同样相信玛丽是无辜的，并认为玛丽之所以遭判刑，只因她是黑人，得不到公平的审讯。当时乔治亚州监狱的囚犯更新项目，会将部分模范囚犯分配到州长官邸工作。玛丽作为模范囚犯的一员，由州长夫人亲自委派她来照顾自己的三岁女儿。其后，卡特当选总统，玛丽不得不重回监狱服刑。然而卡特夫妇仍不愿意放弃这位无辜的"谋杀犯"，努力为玛丽争取缓刑，让她可以前往白宫工作。最终，假释裁决委员会重新审核了玛丽的案件，赦免其刑罚。然而卡特的做法惹来多方面的攻击，指总统有干预司法之嫌。但卡特还是为这位无辜者，甘愿承担起所有的政治风险和责任。卡特后来在回忆录中提到此事时写道："在我国实行司法改革前，她的故事在穷人和黑人中太平常了。"今天，玛丽的住处离卡特的家很近，与卡特的家人几乎天天见面。

这样的感人故事，当然不可能发生在一个垃圾总统身上。

想伟大，先学点逻辑

热衷讲道理的人，无不是能将逻辑毫无障碍地运用到极致的名角，一如聪明的邦葛罗斯（Pangloss）先生。

伏尔泰的小说《戇第德》（*Candide*）里有个高端人物，正是邦葛罗斯先生。邦葛罗斯的学问真可谓博大精深了，手上有一门几乎包罗万象的秘技，叫作"玄学—神学—宇宙学（metaphisico-theologico-cosmo-nigology）"。他能够"很巧妙地证明天下事有果必有因"，并且"证明在此最完美的世界上，男爵的宫堡是最美的宫堡，男爵夫人是天底下好得不能再好的男爵夫人"。邦葛罗斯的逻辑演绎缜密，说出来的道理自然无懈可击："显而易见，事无大小，皆有定数；万物既皆有归宿，此归宿自必为美满的归宿。岂不见鼻子是长出来戴眼镜的吗？所以我们有眼镜。身上安放两条腿是为穿长裤的，所以我们有长裤。石头是要人开凿，盖造宫堡的，所以男爵大人就有一座美轮美奂的宫堡；本省最有地位的男爵不是应当住得最好吗？猪是生来给人吃的，所以我们终年吃猪肉；谁要说一切皆善简直是胡扯，应该说尽善尽美才对。"

戇第德并不是唯唯诺诺、爱拍马屁的人，只不过是千千万万无数脑袋格外难正常发育的老实人中的一员，所以他对邦葛罗斯的敬佩是由衷的。自从有幸聆听邦葛罗斯的教导，戇第德心中的天平就有了定案——以能"听到邦葛罗斯大师的高论"，为人生"第四等幸福"。邦葛罗斯的言教没白搭，戆第德总算学到一点逻辑推演的皮毛——会把邦葛罗斯从"本省最伟大的"，毫不费力地升格为"全世界最伟大的哲学家"。

饲养狗只的假惺惺问题

大概不会有几个人像希波利塔（Hippolyta）那样喜欢听狗吠声，哪怕是爱狗的人也不例外。

希波利塔是莎剧《仲夏夜之梦》里的一个人物，拥有另类且无惧受损的听觉，会无视反对者的意见而把狗吠声比作天籁。有次，希波利塔和其他人一起带着猎犬行猎："那种雄壮的吠声我真是第一次听到。除了丛林之外，天空、泉水以及附近每块地方都好像响应成一片和谐的吼叫。我从未听过如此悦耳的喧声，如此美妙的雷鸣。"

既然一般人的耳朵欠缺波希利塔那样的鉴赏力，那么家有爱犬的人士是否需要考虑一下噪音扰民的问题呢？有些狗只的吠声不仅滋扰邻居，甚至隔着门都有吓人的惊恐效果。喜欢饲养动物是否表示有爱心，这个包单我不敢打，倒是有不少欠缺公德心的狗主行止我却一再寓目，没齿难忘。

所以就算他日我有把家里的小狗从上海带回澳门老巢的想头，也不会干杀千刀的事——鼓励澳航或者东航向瑞士航空看齐，允许乘客携带狗只登机。理由一千个，读者自行斟酌，用不着我又拿国民酷毙的公德心游街示众。

饲养狗只或者其他宠物，还有一个令人心酸的问题。月前某天，我在水塘散步时，遇见一个外佣遛狗。四只狗中的一只更是坐在婴儿车上由外佣推着，身旁的一对老人即时慨叹"做狗好过做人"。同样的话，我在上海家的河南阿姨也曾对我说过。当一个社会还有不少人为生活而苦苦挣扎、一些孩子因为区区几千甚至几百块钱而失学时，饲养宠物是否会令人不安？

这个问题也许很假惺惺，于是我选择逃避，想都不去想。

法定产假

按妇联一项签名活动显示，绝大多数市民支持法定产假由目前的五十六天增加至九十天。澳门人一向老实得太过，就连产假这种事关母婴身心健康的重大议题，也不会胡乱开价，从不妄想跟任何人过不去。

比较西方发达国家（美国除外）的通行做法，九十天法定产假大抵是没有哪个国家会实施的低标准，谁也感动不了。不过，就澳门的情况而言，九十天法定产假无疑是一个实际操作起来会面临较少阻力的进步建议。

动物学家发现，如果把一头母牛或母羊和它刚诞下来的幼崽立刻分开一至两个小时，那么动物大妈将再也不能产生母亲的情感。人当然不是动物，但母亲产后能够有更多时间待在孩子身边，好处简直无法尽录。一项研究显示，如果母亲的产假只得十二周以下，孩子的认知能力会相对较低，而且在四岁之后会更容易出现行为问题。在欧洲，带薪产假越长，婴儿和幼童的死亡率就越低。由于母亲的法定产假改善了孩子的健康状况，花在孩子身上的医疗费用也相应减少了。不久前，加拿大将有薪产假从六个月延长到一年，儿童的医疗费用便马上随之降低。孩子健康、建立亲子感情本来就是无价之宝，更何况给母亲产假还会带来减少政府医疗支出的经济效益呢。为此，加拿大甚至考虑是否延长产假。

美国没有带薪产假——如果产妇在一家不超过五十个员工

的公司工作，那就连无薪产假都没有，因此很多母亲被迫在产后不久就得赶着回去上班。结果，美国的儿童死亡率以及患肥胖症的比例是所有发达国家中最高的。

琐事里的悬念

一种对深刻意义的隐性追求，处处不动声色。他的电影，无疑具有非同凡响的魅力，令人回味再三，哪怕戏里噩梦连场，伤痛不绝。

自看过伊朗导演阿斯哈·法哈蒂（Asghar Farhadi）的《分居风暴》（*A Separation*），便开始常常留意他的电影行踪。之后陆续看了他的另外两出作品《关于伊丽》（*About Elly*）和《过往》（*Le Passe*），冲动得迫不及待要下结案陈词：他的作品都很好看。这句赞语，我还准备再重复一遍。

《关于伊丽》当然是讲一个关于伊丽的故事。但不寻常的是，无论是戏里的人物还是戏外的观众，对伊丽的了解都非常有限。故事刚开始的时候，倒像是部轻喜剧，既欢乐又温馨。几个家庭一起去海边度假三天，其中塞碧黛还带上了女儿幼儿园的老师伊丽。塞碧黛的意图很明确，就是要制造机会撮合伊丽和已离婚的阿莫德。第一天，伊丽和阿莫德看来相处得不错。次日，伊丽对塞碧黛说自己不得不离开。塞碧黛极力挽留，并藏起伊丽的行李和手机。这时，伊丽还受托照顾在沙滩上玩耍的小孩。接着有小孩遇溺，大家救起小孩后，却发觉伊丽不见了。谁也说不清伊丽究竟去了哪里，究竟出了什么事：因救小孩遇险？不辞而别？

随着故事的发展，导演凭着一件又一件简单的琐事，制造了一个又一个悬念。迟来的发现，以及不得不说的谎言，让真相依然在雾里。

结果，真的是"结果"，就如戏里的一句台词："痛苦的结果总比没有结果的痛苦要好。"为免影响读者欣赏这部电影的兴致，我并不打算在此透露过多的细节，只好卖卖关子，到此为止。

背离资本主义精神？

政府收回一幅纳凉纳足二十五年却仍然在伸懒腰的闲置地皮，无论从何角度衡量，既合理又合法。倘若政府能为六神无主的小业主提供一些有人情味的协助，事情无疑会变得更容易为公众理解和接受。

坊间有一种很奇特的意见认为，政府此举"违背、违反澳门基本法强调资本主义生活模式五十年不变的精神，背离法律保护私有财产的精神"。对不起，我一点都不明白这项硕大无比的帽子究竟在说什么。政府不容地产发展商拿下土地四分一个世纪不开发，就叫违背基本法？政府依法收回这类违法闲置的土地，就叫背离法律保护私有财产精神？言下之意是，奉行资本主义制度的地方就得任由发展商爱怎样拖就怎样拖？

即使世界上最发达的资本主义国家，所谓私有财产从来都不是一个绝对、单一意义的词汇，也不是一个可以任意延伸的概念。早在 17 世纪进入资本主义最初阶段的英国，其对财产权的法律定义即为"正当使用某物的一项权利"。那么，让一块本该用来兴建房屋的土地闲置二十五年算不算"正当使用"？尽管 18 世纪时的美国地广人稀，但法律还是不允许土地拥有者生人霸死地般浪费土地资源。那时，倘若有人三年内不在自己的土地上起屋、耕种，政府就会没收那人的土地。这便是头号资本主义国家的历史做法。

澳门土地资源极为有限，很多人依然望楼兴叹，实在承受不了地产发展商拿土地来如斯折腾。美国最高法院大法官坦尼（R. Taney）曾在其著名的判词里提醒公众，"当大家神圣地捍卫私有财产的权利时，必须记住公众同样享有权利"。

美食之都

　　早在米芝连还未光临本地食肆乱点鸳鸯之前，澳门曾经应该是美食之都。那时尽管没有什么倾国倾城的星级名店，但多的是布满街头巷尾的庶民美食。随便光顾一家小店、一家大排档，都不会让人有走入黑店失身的感觉。总之，要遇上一家保证提供难吃食物的店铺，真的需要时来运到才有可能。在这种环境中培养出来的马交舌头，很容易带有随意放心一吃的气质。

　　这可不行。二十多年前去香港读书，第一件具有历史里程碑意义的重大发现就是，香港食肆的食物真难吃——尤其是午餐。这当然是偏颇的印象，不久之后，我郑重更正了这种看法，从横扫千军修订为打击一大片。好的食肆不是没有，只是远没有烂食肆来得有气势有阵营。到后来，我终于明白为什么香港的饮食杂志、饮食栏目会如此大受欢迎。这类饮食指路明灯，至少可以让人避开那些生人勿近的食店，避开那些不堪入口的食物。

　　自从澳门踏上富贵逼人的好日子，澳门人亦随之和香港人一样，面对许许多多又贵又难吃的食物。当店家的经营成本大都拿去交租的时候，谁再愿意花钱买好食材？当人人都急着搵快钱的时候，又有谁再愿意用心来做食物？

　　看纪实日剧《孤独的美食家》，我们获准羡慕。美食家井之头先生爱随心所欲光顾小店，得到的总是教人口水狂流的回报。这可不是吹的，类似的美好经历同样塞满我的记忆。不必提那些老字号、名店，就算是连锁的廉价食肆，都不会有糟糕的食物供应。例如"松屋"，花四五百日元吃一客盐烧猪肉饭，那种既平凡又不寻常的美味，你多花五倍的价钱都不可能在今天的澳门碰见。

酒囊饭袋

东京算不上火炉，但每年暑假待在那儿都觉得出门需要身水身汗才不辜负夏天之名。但今年东京的太阳好像有点羞涩，常躲在云端的背后纳凉，气温都在三十度下停顿多时——至少我在东京逗留的日子遇上的就是这副善待过客的尊容。

除了试过借着札幌的夏天有秋凉的神韵，发疯地连吃了四晚双扑火锅，此外就再没有在夏天滚搞火锅的体验。说起来都已是十年前的旧账。日子要趁的，不热的八月也是。忽然想起池波正太郎推荐过、小津安二郎光顾过的伊势源。百年老店伊势源位于神田，以卖鲅鳟火锅名闻东瀛。虽然夏天没鲅鳟鱼，但店里改卖的泥鳅锅同样诱人。托酒店打电话去订位，得到的答案是夏休中。东京老铺不少都有夏天停业的嗜好，让我一再饱吃闭门羹的就包括有专营豆富料理（店家不喜豆腐的腐，特意改写成富）的笹乃雪、卖鸡肉火锅的牡丹。

日前往银座几家老铺买点心，顺道往同在银座的阿爷级关东煮专门店多幸晚餐。运气真是好得没话说——也在夏休中。唯一庆幸的是当日已是多幸夏休的最后一天，翌日不妨请早。自然，心有不甘之下之后只好在第二天再拜访一趟。

对吃下肚子的东西，大抵就只有好吃和不好吃两类，实在说不出什么所以然来。何况量浅，从来都难以达到饮饱吃醉的仙境。所以每回和文质彬彬的澳门文坛巨胃谷雨和袁绍珊两位同桌吃饭都会让人很崇拜，总叫我想起拉伯雷《巨人传》里能吃能喝的高康大——一出生就需要 17913 头奶牛来侍候——其实也不过如此。

书与生活方式

比起丸善、纪伊国之类有厚重历史背景的大型书店，茑（读作鸟）屋在日本书店行业中，无疑显得有点青春过人。没有历史包袱，让茑屋的主人增田宗昭先生有足够的空间和自由，去尝试、实践他创新的经营理念。东京涩谷的代官山茑屋以及佐贺的武雄市图书馆，该是增田先生最引以为傲的骨肉吧？

代官山的茑屋不单颜值极高，而且为爱书人提供了一个非常舒适、惬意的环境和氛围，正能体现增田先生"售卖书中所表现的生活的书店"的方针。至于以经营书店的方式炮制出来的武雄市图书馆奇迹——一个只有五万人口的小城，居然在开馆十三个月，就吸引到一百万人次入馆——我迄今还未有机会一亲芳泽。倒是有一回，我去冈山高粱市看十六七世纪著名造园师小堀远州打造的赖久寺（被视为"远州庭院之原点"），却在火车站大楼遇见不知道该称作馆还是店的物体——茑屋竟然与市图书馆混而为一。匪夷所思之余，着实开了一次眼界。

书神的排场

听到《大英百科全书》不再印刷成书的消息，反应有点中性。不知该表白为童年仰慕过的砖墙抑或其实从未认真亲近过的大块头缥缈，不在乎中又有点逼急了的在乎。

小时候的邻居张先生家藏有一套原装正版的《大英百科全书》，摆在一个特制的玻璃书橱里，一副泰斗相，很气派地锁着。偶尔张家大哥哥小心翼翼拿一册出来让我辈顽童开眼界，一再声明只许近观不可亵玩，谓，大英百科，书之伊丽莎白女皇。

我家的书从来都是乱放的，见识过书神的排场，自此明白，书分贵贱。除了《大英百科全书》，其余书刊都是等而下之的残花败柳。我爱看的老夫子，原来真的只够格放床底下的鞋盒里。

长大以后，也不是没想过买套百科全书回家放在客厅唬人。然而一考虑到要在寒舍安排女皇的住宿，便头疼，便知好歹，杜绝了要亲近伊丽莎白的歪念。所以我从未跟女皇发生过任何意义上的风流韵事。

近日读到一本书，译名很有中学生级别，叫作《我的大英百科狂想曲》。英文原名也平庸累赘，*The Know-It-All: One Man's Humble Quest To Become The Smartest Person In The World*，跟中译算是两不拖欠，谁也没沾谁的光。

作者是美国记者，大名Jacobs。J先生是特牛的恐怖分子，买来了三十二册的书海长城，由头到尾读了一遍，然后拈出一些有趣的东西，夹叙夹议夹鬼马，写成这本很适合茶余饭后消遣的书。

让我直接在此引述二三：

一、闪电是由下往上闪，是从地面闪回到云层里。这是大英百科在"气候与天气"部分讲的。我把这段重复读了两次，以确定没神经错乱。

二、Curvate，这是一种风俗。孩子出生时，做父亲的要卧床，做出分娩的所有症状假装经历分娩痛苦。

三、大象的交配时间只有二十秒。这资料应该会让许多男人看了心里好过得多。

更快更高更多药

虾碌满堂的里约奥运会开张在即，拿兴奋剂当零嘴的俄罗斯运动员依然站在门外怨天尤人，控诉人间之不公。这里不谈当中窝藏的九分胡言乱语，只说里面张扬的一分道理。

运动场外花费在药检的支出越来越惊人，抽验运动员的次数越来越频密、比率越来越高。说明什么？说明服用兴奋剂的运动员实在太普遍了。今天，每年全世界反兴奋剂的药检以十万次计，但抽出来的违规运动员却出奇的少。原因并非大多数运动员洁身自爱，而是违法技术、手段更高明、更隐蔽而已。服用兴奋剂可不是饮宝矿力那么简单，根本不可能是一支公的个人行为。要科学地服用禁药，做到神不知鬼不觉，背后总得有一个"不求闻达"的医药团队、"一个采用科学计划进行常规作弊的精密体制"。多年前就有运动员证实，赛前准备的丰富内容包括"每天早上服用两袋合成代谢物，每周注射一次睾酮，最后还使用红细胞生成素"，实行内外兼修。

除了金钱、荣誉的诱惑，还有无止境的更快更高更远这道春药在作祟。挑战人类极限掩盖了人类身体的确有极限的事实。要令人类跑得比猎豹还快，不仅需要各种各样古灵精怪的药物，还需要对人类身体结构进行彻底改造才能完梦。用两秒钟跑完一百米，恐怕不是人类应该追求的目标。

俄罗斯的抱怨未必全无道理，除了遭西方针对外，制造禁药的水平可能不如发达国家先进、高超、隐蔽，想必也是原因之一。

赚到尽的巴别塔

嚹啰园是否适宜建小巴别塔，我不懂，所以渴望能从支持者那里听到一些很具说服力的七彩理由。

纯属道听途说，经济学好像有个不算特别有名望的术语，叫作"负和游戏"（negative-sum game），意思是赢家的利得低于输家的损失。嚹啰园百米大楼从地起的高富帅蓝图，是否属于这类让极少数赢家利得低于大众输家损失的负和游戏呢？

过去几十年，我们恭听惯了追逐个人利益最大化的无尽教诲，常常感动得泪流满面——原来个人越自私越贪婪，便能对社会进贡越多福祉。任何一个饮过佛利民牌加里贝克牌不含三聚氰胺营养奶粉长大的成功人士，都明白贪婪与社会福祉的亲缘。芝加哥大学的学生得天独厚，对这种亲缘关系自有超乎寻常的透彻理解。芝加哥大学的经济学家泰勒（Richard Thaler）的研究发现，对在暴风雪过后火速加价售卖雪铲的做法，有82％的普通民众会认为不公道，而在他的工商管理硕士（MBA）学生当中，只有24％持有雷同的见解。

在芝加哥经济学派那里领洗的学生，一定听过一个更为有名的训导。一个缺饮用水的灾区，有人从邻区运水到那里，以高于合理利润的十倍价格向灾民兜售。据芝加哥学派长老的解说，多得有暴利和贪婪的驱动，灾民才有水可喝。好在现实世界还有许多不肯效忠这类趁火打劫发灾难财学说的糊涂人士——向灾民免费派送水和食物。

是否只要不违法，任何损害公众利益、任何不道德的营商手法，都能在赚到尽的逻辑里得到神圣的庇佑？和在嚰啰园允许建小巴别塔的疑问一样，我也很想得到答案。

红白二事

虽然我是个货真价实的俗人，但面对许多俗事俗务时，还是觉得很无聊，总是想在可能的情况下，稍稍抵抗一下。

譬如中式婚宴，真是一件很古怪的事情。十来个几乎总是陌生人和半陌生人围坐一桌，低头自顾自吃乳猪鲍鱼，抬头则彼此互挤僵硬无度的笑容。这样的场合真叫人害怕，我唯有选择退避三五七舍。过去三十年，我出席过的婚宴不出五次，有时是硬着头皮，有时是避无可避（例如老同学兼好友点名要我冒充摄影师）。

我也不得不对膝下的一对子女有言在先：拜托，有朝一日你们若要办什么婚礼，千万不要请我饮，老爸心领就是。人的一生既短暂又匆忙，就连至亲好友相聚的机会都不多——甚至连做自己的时间也不多，又岂能白白把宝贵的时间浪费在无聊的事情上？

上周偷偷回澳，悄悄送母亲最后一程。去年母亲一再中风，我已和姐姐、妹妹商量好，打算以最最简单的方式处理母亲的身后事。不通知亲友，谢绝一切繁文缛节，就几个人安安静静送母亲上路，去火化。"要骨灰吗？"—— 不要。尘归尘，土归土，有什么好保留的呢？

有次和老友翁谯谈起身后事，她说欣赏藏人的天葬。所言极是。轮到我自己，根本无所谓，任何方式都可以，简单就好。如果合符卫生的话，扔落大海喂鱼也不错，当作是我爱吃海鲜的谢礼。

　　这样子处理母亲的身后事，也不是完全没有顾虑，会担心舅舅、阿姨有意见。如果真是这样的话，只好在此跟舅舅、阿姨说声对不起，请看在母亲的分儿上，原谅我这个糊涂的外甥吧。

毁容（差点儿）

肤浅的人总是只注重外表。

所以不难想象一个多月前发生在我脸上差点儿毁容的恐怖事件，对我是个多么沉重的打击。有天一觉醒来，发现不仅左眼怎么使劲都无法闭上，还有嘴角更肆意地向右后方奔腾了超过一公里（我确信的心理距离），无论怎般拚命都拉不回来。趁仍未吓昏之前，马上飞去看急诊。

在医院等候各种检验报告发落之际，我稍稍定过神，开始思考为何患上这种怪病的因由。这个问题当然难不倒我，很快我就有了结论——一定是我经常在此讽刺他人兼爱欺负弱小（网上好像就有光明磊落的正规君子这样抬举我）而得来的报应。所以后来无论是西医说的病毒还是中医说的风邪，我都认为致病的理据不足。

事实上，我也没有把问题简单化。当眼睛和嘴巴开始重返故里、康复得八八九九的时候，我又开始想，会不会是因为我经常在此刺人才得到上天的眷顾，不让我破相呢？为了安全起见，以后我还是会在专栏里继续欺负弱小，不过会降低其频率，转而多说些风花雪月、无关任何人痛痒的事情。

不能把这个称作迷信，最多也不过是隶属于愚蠢的一个小分支。要说迷信，英国大文豪狄更斯那些古怪举止才真叫迷信。狄文豪爱把什么东西都摸上三遍，为的就是给自己带来好运。狄文豪还深信睡觉的方位正确与否，会影响到他的创造力。狄文豪睡觉时，坚持要将头朝向北极。要是弄错了方向，他就会无法入睡。若是向狄文豪讨教当中的原委和奥妙，他就会说一大堆什么"气流、正电、负电"的鬼话，并且认为，只要顺应地球的磁场而睡，就能带给他源源不断的创造力。

以法律之名

　　总结十二个月前尘，从议会到法院，澳门人至少应该明白一个早该明白的道理：法律是用来玩的。否则，莎士比亚先生会误以为自己教导无方。

　　《威尼斯商人》里所讲的故事，无论债主还是债仔的辩护人，正是以法律之名，玩尽法律。犹太放贷人夏洛克与基督徒借款人安图尼欧签下魔鬼契约，前者免息借贷给后者三个月，但条件是到期若不偿还债务，夏洛克就要从安图尼欧身上割下一磅肉来。果然，一如夏洛克所期望那样，安图尼欧还不上钱。于是，夏洛克要求按法律办事，坚持履行合约，就算高高在上的威尼斯公爵也"不能否定法律的规定"。信心满满，以为法律就站在自己这边的夏洛克，却未料到有比他更会以法律的名义玩弄法律的高端对手。安图尼欧的辩护人、"法学博士"波西亚认同夏洛克有权要求履行合约，从债仔身上割下一磅肉来。不过，跟扭计师爷无异的"法学博士"随即对夏洛克道："这借约上没有说给你一滴血，写得明明白白的是'一磅肉'，履行你的借约，拿一磅肉去吧。但是割的时候，你若是洒出一滴基督徒的血，按照威尼斯的法律，你的地产财物是要被威尼斯政府没收充公的。"同时，"也别少割，也别多割"，要刚刚好一磅肉，若然出现有一厘一毫的差错，夏洛克就得"受死刑"。

　　莎士比亚在《威尼斯商人》里的教诲很清楚，谁更会玩法律谁就是胜利者，当中没有良知、道德、正义插嘴的余地。曾任美国最高法院大法官的霍姆斯（O.W.Holmes）就认为，把法律与道德联系起来是件蠢事。霍姆斯这粒定神安胎丸，一定赢得了许多法律界人士的欢心。

味觉失调

政府以绝不伤害地产商、炒楼精英的感情为大前提，推出温和度很高的"降投资楼市意欲"措施。其做法还相当的黑色幽默：不过是往大盘鸡里轻手（应该不是错手）洒下了一滴微辣的 Tabasco，便连忙注入一缸甜酱来中和。除了味觉失调者，恐怕没有人能尝得出半丁点儿辣味。

社会上有团体一再提出增设楼宇空置税、房屋累进税等一系列好建议，却未能赢得政府爱民如子的芳心。

没有任何一个能够称之为政府的政府会轻忽房屋问题，就连大半个世纪前"腐败无能"的南京国民政府也不例外。抗战刚结束，工薪阶层收入下降，不少房屋因战争损毁，各大城市出现严重的房荒。为了解决住屋难题，南京国民政府不惜开罪贵人，以重拳颁令："可供居住之房屋，现非自用，且非出租者，该管政府得限期于一个月内命其出租。自用房屋超过实际需要者，依《土地法》第96条之规定，得限期命其将超出需要部分出租。"不仅如此，财政部为配合政府打击空置房的政策，还修订征缴房屋税的条文：凡宁可空置也不出租的业主，每月必须加倍缴纳房产税，如果不缴纳，法院可以没收其房产，然后交给政府作为廉租房。

这些措施才配得上辣招二字吧？

政府推出年轻人首置贷款计划，除了向地产商、炒楼精英送秋波之外，简直靠害。在天价房屋的情况下，政府协助年轻人高价入市，不是靠害是什么？2003 年香港经济很差，楼市从高峰下跌七成。很多人即使保住份工，亦要面对减薪之苦。因为无力偿还楼宇贷款，因为手上物业资不抵债，不少人遭银行收回楼宇拍卖，顿时沦为贫民，一生努力化为乌有。

借钱上大学的风险

　　我从不认为每个人都需要上大学（忘了那些不上大学便能金银满屋的赚钱大师吗），但我以为每个想上大学的人都应该有权上大学，而且不会因为贫困被挡在校门外——这么有见地的陈词滥调，我会尽量说得带点风格，方便大家指责。

　　向经济有困难的大学生放贷，是目前澳门政府的解决问题之道，也是很多地方的政府不愿或无力施行免费大学的惯常做法。究竟是不愿还是无力其实也很难说得清，比如英国的大学就没有免费招待读书人这回事，而从来没有英国人见过贷过那么多钱的爱尔兰人——甚至巴西人、坦桑尼亚人、尼日利亚人等，却能享用免费的大学教育。连穷国都比不上的英国，就只能向大多数实行免费大学教育的西欧发达国家展示大英帝国的末日余晖了。

　　借钱上大学的学生及其家长，是否了解当中的风险？

　　内地一项调查发现，学生在毕业后未有偿还贷款（贷款违约）的主要原因是收入有限，无力还债。这种情况在美国也非常普遍，有时甚至更为惨烈。念法律的学生，常常借下巨债上学（平均每人十万美元），却未必能通过执业资格考试。就算当成律师，却不一定能找到高收入的工作。结果，法学院毕业生便成了贷款违约的赖债王，冠绝全美。

　　专门研究学生贷款的经济学家高力哥夫（Laurence J.Kotlikoff）算了一盘很婆妈的账，结论是借贷上大学可能得不偿失。就连支持学生贷款上大学的宾夕法尼亚大学校长古特曼都承认:"从不歧视原则的视角看,最好的政策是要近乎取消学费,大量地资助高等教育,以确保所有合格的学生都能同样入学。"

给小作者的信

梁广荣小作者：

　　你好。

　　前两天（确切地说，是一月廿七日），在本报《新儿童》读到你写的一篇文章《如果没有考试》，我就实时有写信给你的冲动。

　　我不是冰心婆婆，所以从来没有写信给小朋友的勇气；我亦非思想带街，更无胆在你面前指手画脚。现在我写这封信的目的，不过是想跟你讨论一下你在《如果没有考试》里所陈述的观点。

　　在年纪上，我或许够格当你的叔叔或者伯伯（当然，假如你愿意当我是哥哥，我会特别感激），但一点也不妨碍你我之间"平等"的讨论。何况年龄比别人大，并不等于真理比别人多，对不？

　　你的文章说："如果没有考试，我真的会快乐吗？有了竞争，有压力，人才会有进步。如果没有考试，就没有了竞争没压力，就没有发奋读书的念头；没有读书的念头，就只会懒洋洋地生活；那么，最后的结果就只会变成一个没有用的人。"

　　"如果没有考试，我真的会快乐吗？"你这个问题实在很有意思，只是我的答案跟你截然不同：如果没有考试，我真的会很快乐。而且不单只我快乐，我更深信如果没有考试，所有上学的孩子都会很快乐——包括你。

你认为如果没有考试，就没有发奋读书的念头。现实的确如你所说那样，如果没了考试，恐怕就没有几个人肯发奋读书了。然而为什么会这样子的呢？你有没有深入想过这个问题呢？依我看，问题亦恰恰出在考试身上。如果没有考试，老师就不必为考试而教书，学生也不必为考试而读书，结果读书求学问都会变得轻松有趣。你不妨细心想想。

预祝

新年快乐！

梯亚哥哥（或者伯伯，或者叔叔）

女哲学家之死

拍人物的传记片，挑对了演员，至少就成功了一半——
即使搞砸了也不会太难看。电影《风暴佳人》（*Agora*）（2009）
由蕾切尔·薇姿（Rachel Weisz）来扮演古罗马哲学家希帕蒂
娅（Hypatia），该是个不错的选择。

希帕蒂娅（370—415）很可能是古代世界最著名的女哲
学家，其在数学和天文学方面的研究，不断获得后世学者的追
认。英国史家吉朋（E.Gibbon）在他那本厚得不像话的巨著《罗
马帝国衰亡史》里，也为希帕蒂娅写下了既褒赏其才智亦惋惜
其不幸的辞章。

由薇姿来演希帕蒂娅，即使不谈气质，美丽则怎也错不
了。相传希帕蒂娅是个非常美丽的女子，裙下追求者和她经常
抬头遥看的繁星一样多。片中有一幕，希帕蒂娅的学生奥瑞斯
特斯（Orestes）公开向她示爱并送上笛子做礼物，而她却以
一条染有自己经血的手帕来回赠以示拒绝。希帕蒂娅拒绝爱情
的方式似乎真的异于常人。传说，当希帕蒂娅听到有个爱她爱
到决心要死的男人，她随即撕开自己的衣服，展示自己的肉
体："瞧，我的朋友，这就是你所爱的！"

这类花边闲话并不是这部电影意图卖弄的小把戏。事实
上，电影拍得有一点点严肃，一点犹豫失据——既涉足严肃的
主题（如不同宗教之间的冲突和仇杀），却又担心娱乐性不足，
结果让影片显得两面不讨好，略一严肃便已轻浮。例如，影片

有不少基督徒与多神教教徒相互血腥厮杀的场面，导演用的大都是最就手便利的套路：一面打打杀杀，一面高喊"上帝只有一个""上帝与我同在""Halleluyah"，诸如此类。

希帕蒂娅是一位"自由的思想者"，却因为忠于自己、忠于自己的信仰而拒绝皈依基督教，结果遭基督徒以极其凶残的、几近凌迟的手法杀害：用锐利的蚌壳割下她的皮肉，然后将肢体投进火中。

学者认为"即使思考错了也比不思考要好"这句话并不是希帕蒂娅说的，但我们不管，总是乐意相信这句名言是出自这位勇敢的智者之口。

杀人的权力

"年轻人，你怎么了？一直嚷着我要杀、我要杀……谁给你权力这样做？谁？"伊沃问。

"战争。"艾哈迈德说。

"太愚蠢了。"伊沃道。

上面的对话出自格鲁吉亚导演 Zara Urushadze 的作品《金橘》（*Tangerines*）（2013）。影片描绘了一场战争与和平的博弈，导演的反战立场很清晰，但态度却很平和，甚至温柔。温柔得不仅感动了戏中两个原先不是你死便是我亡的人，还感动了银幕下的我们。

1992 年，格鲁吉亚与俄罗斯支持的阿布哈兹爆发武装血腥冲突。在冲突地区，一条原是爱沙尼亚人居住的小村庄，自战争爆发后，村民为逃避战火而离开家园。整个村庄就只剩下两个人，老木匠伊沃和种金橘的农民马戈斯。一天，两拨人在马戈斯家门前遭遇一轮枪战后，六人里四死两伤。伊沃和马戈斯合力把两个伤员抬回家医治。伤者分属敌对阵营，一个是信奉伊斯兰教的车臣人艾哈迈德，一个是信奉东正教的格鲁吉亚人尼卡。两人在伊沃和马戈斯的悉心照料下慢慢康复，却仍旧念念不忘要将对方置于死地。渐渐地，伊沃身上默默散发的善良和智慧，感染了艾哈迈德和尼卡。后来，在一场不分青红皂白的意外搏斗中，尼卡救了差点儿遭杀害的艾哈迈德，而自己以及马戈斯却同遭击毙。

伊沃把马戈斯埋在金橘树下，然后把尼卡葬于儿子的墓旁。艾哈迈德问伊沃，他的儿子是怎么死的。伊沃说："战争刚开始，他就死了。"艾哈迈德："谁杀了他？"伊沃："只有上帝知道。他早早就奔赴战场，说要保护我们的家园。我劝他不要去，我告诉他那不是任何人的战争，可他不听。"艾哈迈德："所以是格鲁吉亚杀了他。"伊沃："没错，但是那又如何？"艾哈迈德："是吗？你把一个格鲁吉亚人埋在你儿子旁边……"伊沃："艾哈迈德，有关系吗？回答我。"艾哈迈德："是，没关系。"

对呀，又有什么关系呢？以宗教、国家、民族、领土等各种各样的名义在战场上相互杀戮，到底不过是血腥和死亡，甚至比个人的复仇更不堪。

卡尔维诺（I.Calvino）写过一个短篇《良心》（*Conscience*），故事发人深思。战争爆发，Luigi 决定当志愿军。因为战争可以杀人，这样他就可以杀死曾经出卖自己的仇人 Alberto。可是人们却告诉 Luigi，他可以在战场上杀任何"某一类人"，而不是某个他想杀的人。战场上，Luigi 每杀死一个人，就获得一枚奖章，但是他不快乐，因为这些死在他手上的人没有一个是仇人。直到战争结束后，Luigi 才找到 Alberto 并杀死他。这时杀敌英雄却成了杀人犯，被处以极刑。

杀人越货也可帮一把

澳门赌收持续下滑，近年井喷般的经济增长奇迹恐怕要宣告暂时（？）谦虚一下，回更衣室休息。澳门人习惯了靠他人滥赌以及内地贪官拿着民脂民膏来散财所扶植的经济增长，赌场收入减少会令我们浑身不自在。

经济学的祖师奶奶琼·罗宾逊（Joan Robinson）讲过，学习经济学的目的，是要避免被经济学家欺骗。所以就算澳门人甘心被骗，也应该在澳难当前的时候，多做点见不得人的坏事，为经济增长做贡献。

有很多人都不知道，用来评价经济增长的 GDP 是以何等荒淫的手法计算出来的。如果人人健康，无病无痛，不必吃药打针看医生，这样健康的社会，不仅不能推动经济增长，甚至会把 GDP 拉下来。相反，假若人人活得像个有水平的东亚病夫，一日三餐将药丸当饭后甜品，那么澳门的 GDP 则肯定大有看头。美国病灶在这方面的表现无疑堪称典范，每年单是服用治疗抑郁症的药物就高达 800 亿美元，对 GDP 进贡非凡。

近年澳门因为汽车衍生出来的问题日趋严重，空气污染导致的治病以及汽车斑马线撞死人所引致赔偿与诉讼等等，却照样可以为 GDP 出一分力。因此，政府若动真格整治交通，会危害澳门的经济增长，所以我们只好下决心无为而治。

美国有学者计算出一宗谋杀案的社会成本高达 1725 万美元。不难想象，只要多产几件杀人狂魔和绿林好汉，GDP 就能上去。如果澳门凡人自问连杀人越货这种小事都做不来，那我们最好随便找个借口回家跟老婆或老公离婚。按经济学家的计算，一次离婚所需的费用大约在七千到十万美元之间，而这些费用都会算在 GDP 头上的。

咒骂父母判死刑

本报文化阅读版邀请多位同行向中学生推荐阅读书籍，这些保举人无一不是正经人家出身的好男好女，听他们的准没错。他们举荐的书目唯一稍嫌美中不足之处，好像欠缺一两本旁门左道的书。对于这类邪门书，我自问经常暗自往来缠绵，有时在床上，有时在沙发，有时甚至在下厨时也情不自禁来一手，那就让我自告奋勇当一回毛遂吧。

其实，我搞不懂布莱森先生（Bill Bryson）到底是美国人还是英国人，只知道他牛得有分量，随便写点什么都很受欢迎，而且从来不会令读者大打呵欠或者皱眉。乐呵呵一向是布莱森先生的典型风格——起码到目前为止还未找到他例外的把柄。

布莱森很博学，满肚子都是有趣的八卦料。他有不少著作已有中译本面世，下面介绍的《布莱森英语简史》（*The Mother Tongue*）便是其一。这是一本雷人的英语身世史和英语八卦史，让人读来爱不释手。想知道二十一在英国的正确说法吗？伦敦人会说 twenty-one，可是离开伦敦往北五十公里，人们就会说 one-and-twenty，直到苏格兰为止，之后又变回说 twenty-one。布莱森先生告诉读者要掌握的窍门是，每五十公里就变一下。

《布莱森英语简史》里有一章专门侍奉脏话和有味话，深受我这类有色之士爱戴。亵渎宗教的言辞在脏话史中扮演重要角色，例如 God damn、Jesus 便是。今日我们会认为 fuck、 shit 最粗俗，但是在 19 世纪，渎神的脏话更具侮辱性。不可不知，英国曾立法禁止说脏话，用粗口咒骂父母更会判处死刑。

汉语里"有一腿""劈腿"的说法甚暧昧的色欲意味，在英语里的 leg 亦有雷同功效。据布莱森说，从前为防惹人遐想，人们还特意为钢琴的腿穿上小裙子。

爸爸，下次再来啊

日本电影导演是枝裕和经常因为拍电影或者出席一些远方的电影活动而离家，上周他就为电影展而现身澳门。

是枝裕和曾在自己的散文集里讲过这样一件事：

在拍摄《奇迹》（一出优秀的儿童电影，推荐给家长和孩子一起观看）时，我很长时间没回家。时隔一个半月之后，一天晚上，我回到妻子和女儿守候着的家中，三岁的女儿在房间一角读绘本，不时朝我瞥几眼，流露出很在意的样子，可就是不到我身边来。"她很紧张啊……"我留意到这一点，自己反倒紧张起来。父女俩就在这种微妙的氛围中度过了那个夜晚。第二天早晨，我又要出门工作了，女儿一路送我到玄关，说了句："下次再来啊。"我这个父亲不由得苦笑了一下，其实内心非常狼狈，也很受伤。

这样的气氛，这样的场景，很容易让人错疑为是枝裕和电影里的一幕。事实上，是枝裕和的作品大都以家庭为题材，《无人知晓》、《步履不停》、《奇迹》、《如父如子》（很遗憾，到现在还未有机会看到这出影片）和最近的《海街女孩日记》等等，即属此类。

对于家庭，是枝裕和似乎有一种难以抵御的执着，甚至执迷。单亲家庭也好，父母彻底缺席的家庭也罢，导演都试图透过下一代的血缘纽带来维系一个早已变形的当代家庭。《海街女孩日记》的三姐妹，父母早在大姐上高中时便离异并各自另组新家庭。十多年后父亲病故，三姐妹主动把几乎无处容身且还在上中学的同父异母妹妹接回家一起生活。而这个妹妹的母亲正是当年导致三姐妹的父母离异的人。比起《海街女孩日记》来，《无人知晓》（据真人真事拍摄而成）的家庭状况更为复杂：年轻的单亲妈妈独力苦撑着一个五口之家，而四名年幼的子女都各自有不同父亲。一天，母亲留下了一点钱后便离家不归，十二岁的大哥从此肩负起照顾弟妹的责任。即使在山穷水尽的情况下，这个小大哥还是没有接受向警察、福利机构求助的提议，因为这样做的话，四兄弟姐妹就会被迫分开。基于相近的原因，观众就不难理解《海街女孩日记》的大家姐为何对母亲卖掉老宅的提议很反感（母亲很可能是出于好意，担心大女为守住着这个家而牺牲自己的幸福）。

是枝裕和的电影宅心仁厚，从不会审判、谴责镜头下的人物，而是以无比宽容的态度看待每个人物的行为。这就是为什么是枝裕和的电影总有一种非凡感染力的原因。

好人坏人

习惯非黑即白非忠即奸的世道，往往会让人很迷惘，甚至应声倒地。

月前，新界豪绅刘先生皇发谢世，香港媒体巨额报道。因为对这类名人向无好感，所以不费耳目关注，哪怕仅仅是一分钟。倒是在读张宝华的专栏文章时，无端端与新界皇打个照面，才知道他的一件救狗逸事。

多年前，一头怀孕的流浪唐狗，走进了新界某村两座祠堂中间的夹缝，"动弹不得，惨叫了几天，才被人发现"。出动消防救狗，但由于夹缝实在太窄，几天都救不下来。剩下来唯一能解救狗只的办法，就得在其中一座祠堂的墙壁开个洞。然而，要"拆祠堂"可不是那么简单，"新界人认为，死一只狗事小，坏我宗族风水事大"。张宝华当年是跑两岸政治新闻的记者，"跟发叔不熟，因为一只流浪狗惊动新界皇实在是小题大做，但当时实在情非得已"："我直接打了发叔的手机，简单介绍一下自己，坦白来意：希望新界皇出手救可怜小狗母子一命。我以为，他会推却，因为一只流浪狗的命，或者不值得新界皇卖这个人情。可是想不到，发叔一口答应，他说，新界人是难搞的，但拆一道墙，可以救回两条命，应该拆！"得新界皇出口帮忙，万分不愿意的业主还是答应拆墙。可惜，救出来的流浪狗还是活不了。

一个人做一件好事或一件坏事，甚至是一件相当"中性"

的事，能改变我们对这个人的惯有看法吗？也许吧。早前孩子在一份美国杂志上看到一篇文章介绍前总统小布什的画作，随即对我说，"原来他会画画"。听得出孩子的潜台词，大抵是，他居然还会画画，应该不算是特别蠢的人。

图书在版编目（CIP）数据

堂吉诃德的工资／梯亚著. -- 北京：作家出版社，
2019.5

（澳门文学丛书）

ISBN 978-7-5212-0258-8

Ⅰ.①堂… Ⅱ.①梯… Ⅲ.①散文集－中国－当代
Ⅳ.①I267

中国版本图书馆CIP数据核字（2018）第229357号

堂吉诃德的工资

作　　者：梯　亚

责任编辑：张　平

装帧设计：棱角视觉

出版发行：作家出版社有限公司

社　　址：北京农展馆南里10号　　　邮　　编：100125

电话传真：86-10-65067186（发行中心及邮购部）
　　　　　86-10-65004079（总编室）

E-mail:zuojia@zuojia.net.cn

http://www.zuojiachubanshe.com

印　　刷：保定市中画美凯印刷有限公司

成品尺寸：133×214

字　　数：280千

印　　张：12.375　　　　插　　页：4

版　　次：2019年6月第1版

印　　次：2019年6月第1次印刷

ISBN　978-7-5212-0258-8

定　　价：45.00元

第一批出版书目

王祯宝 《曾几何时》

水　月 《挥手之后还会再见吗》

邓晓炯 《浮城》

未　艾 《轻抚那人间的沧桑》

吕志鹏 《在迷失国度下被遗忘了的自白录》

李成俊 《待旦集》

李宇樑 《狼狈行动》

李观鼎 《三余集》

李鹏翥 《澳门古今与艺文人物》

吴志良 《悦读澳门》

林中英 《头上彩虹》

赵　阳 《没有错过的阳光》

姚　风 《枯枝上的敌人》

贺绫声 《如果爱情像诗般阅读》

袁绍珊 《流民之歌》

黄坤尧 《一方净土》

黄德鸿 《澳门掌故》

梁淑淇 《爱你爱我》

寂　然 《有发生过》

鲁　茂 《拾穗集》

穆凡中 《相看是故人》

穆欣欣 《寸心千里》

———————————————
以上按作者姓氏笔画排序

第 一 批 出 版 书 目

曾几何时

王溥宝 / 著

第 二 批 出 版 书 目

太　皮　《神迹》

尹红梅　《木棉絮絮飞》

卢杰桦　《拳王阿里》

冯倾城　《未名心情》

朱寿桐　《从俗如流》

吕志鹏　《挣扎》

邢　悦　《被确定的事》

李烈声　《回首风尘》

沈慕文　《且听风吟》

初歌今　《不渡》

罗卫强　《恍若烟花灿烂》

周　桐　《除却天边月没人知》

姚　风　《龙须糖万岁》

殷立民　《殷言快语》

凌　谷　《无边集》

凌　稜　《世间情》

黄文辉　《历史对话》

龚　刚　《乘兴集》

陶　里　《岭上造船笔记》

程　文　《我城我书》

程祥徽　《多味的人生之旅》

以上按作者姓氏笔画排序

第 二 批 出 版 书 目

第三批出版书目

太　皮《一向年光有限身》

李文娟《吾心吾乡》

何　贞《你将来爱的人不是我》

陈志峰《寻找远方的乐章》

吴淑钿《还看红棉》

陆奥雷《新世代生活志：第一个五年》

杨开荆《图书馆人孤独时》

李嘉曾《且行且悟》

卓　玛《我在海的这边等你》

贺越明《海角片羽》

凌　雁《凌腔凌调》

谭健锹《炉石塘的日与夜》

穆欣欣《当豆捞遇上豆汁儿》

———————————

以上按作者姓氏笔画排序

第 三 批 出 版 书 目

一向年光有限身

太皮 / 著

Colecção Literatura
de Macau

澳門文學 丛 书